やさしい夜の殺意

小池真理子

双葉文庫

目次

やさしい夜の殺意

やさしい夜の殺意

「ほらほら、そんなに緊張しないで」

エンジンをきった矢部麗子が、からかうように言った。「初恋の人に会いに来たわけじゃあるまいし。いくら十三年ぶりだからって、相手は久美のお兄さんじゃないの」

「だって……」と宇野久美は声をふるわせた。どうしてそれほど緊張し始めたのか、よくわからなかった。函館を出発した時は、兄に会ったら、その胸に飛び込んで、頬ずりをしてやろうかしら、などと大胆なことを計画していたというのに。

「久美ったら。しゃきっとしなさいよ、しゃきっと。ドラマチックな瞬間なのよ。一生、思い出に残るように演出しなきゃ」

うん、と久美は意を決して麗子の車から降りた。

東京のはずれ……神奈川県との境目にあるその一角は、典型的な新興住宅地だった。ちまちまとしたペンションのようなカラフルな家が、軒を連ねて建っている。どこか人工的な感じがしなくもなかったが、坂の多い、入り組んだ地形は、無国籍の雰囲気を漂わせ、のどかで清潔だった。

「ねえ、帰らないでよ、麗子」久美は情けないほど子供じみた言い方で麗子の腕をとった。

「しばらく一緒にいてよね」

麗子は呆れたように笑いながら、久美の背中を軽く押した。「早くチャイムを鳴らしなさい。車の音がしたんで、お兄さん、部屋の中から覗いてるかもしれないわよ」

久美はうなずき、一歩前に進み出た。晴れた十月初旬の日曜日だった。夕方の淡く滲むような秋の長い陽差しの中に立ち、久美は深呼吸をした。金木犀（きんもくせい）の香りがふと鼻をかすめた。

兄の邦彦の家を見上げる。小さいながらもアーリーアメリカン調の三角屋根がついた、メルヘン調の家だった。二階の出窓に、真っ白のレースのカーテンがかかっているのが見える。フェンスを通して覗き見える庭は手入れもよく、テレビに出てくる住宅のCMを連想させた。

さらに深呼吸を二度繰り返し、久美は玄関ポーチに立った。震える指でチャイムボタンを押す。コロラテューラソプラノの歌手が歌うような、かん高い、鈴を転がすような音が内部に響き渡った。

玄関ドアの向こうにスリッパをひきずる音がし、やがてカチリと鍵が開けられた。

久美は一瞬、目をつぶった。ドアの陰から顔を覗かせた兄は、眩しそうに目を細めた。その顔は、十三年前、函館の家を出たまま行方知れずになっていた兄の顔とほとんど変わっていなかった。

「久しぶりね」久美はぶっきらぼうに言った。お兄ちゃん、と叫んで、映画の中のヒロインさながらに兄の胸に飛び込む……という筋書は、あえなく空振りに終わった。

「久しぶりだ」邦彦は久美の調子に合わせるかのように、淡々と応えた。そして、まるで昨日まで一緒に住んでいた相手に言うような口ぶりで、「入れよ」とドアを大きく開けた。

家の中にはかすかにレモンの香りが漂っていた。どこもかしこも清潔で、ぴかぴかに磨かれたような家だった。

麗子を伴ってリビングルームに入って行くと、見知らぬ美しい女性と、その女性に面ざしがよく似ている若い男が、愛想よくソファーから立ち上がり、「こんにちは」と口々に言った。

「女房の多鶴子だ」と邦彦が言った。「そして、そっちが多鶴子の弟の有田祐二君」

「はじめまして」久美は小声で二人に挨拶した。「お噂はかねがね」

麗子が久美の腰のあたりをつついた。久美は慌てて、麗子を彼らに紹介した。

「はじめまして。あたし、久美とは函館の高校で同級だったんです。お兄さんとは、何度か久美の家でお目にかかっていたはずですけど、覚えてらっしゃらないですよね」麗子が、その場のぎくしゃくした雰囲気を和ませるかのように、明るい声を張り上げた。邦彦が、申し訳なさそうに首を傾げた。

「いいんですよ」麗子は長く伸ばしたロングヘアを耳元からかき上げ、媚びたように笑った。「あのころはあたしも子供だったたし。お兄さんの目に止まらなくて当然ですもの。でもねえ、久美ったら、すっごく緊張してたんですよ。一緒に行ってくれ、ってきかないもんですから、失礼かなと思ったんですけど、お邪魔しちゃいました。でも、無理もないですよねえ。大好きだったお兄様に十三年ぶりに会える瞬間なんですもの。まるで恋人に会いに来たみたいに久美ったら……」

「やめてよ」久美は口早に麗子を制した。「そんなふうに言わなくたって……」

はははは、と祐二が笑い声をたてた。「同じですよ。義兄も緊張してたんです。今日は朝からあっちこっちをウロウロしてましてね。もり立て役として、僕が駆り出されたってわけですよ」

「ほんとうに」と多鶴子が形のいい唇を三角の形にして、微笑の手本のように笑いかけた。「邦彦さんのおうちの方に会えるなんて、夢にも思ってませんでしたから、嬉しいわ。それに函館時代の久美さんのお友達もご一緒だなんて。今夜は是非、ご一緒にお食事をされていって下さい」

麗子は顔を輝かせた。「いいんですか？　あたし、図々しいから本気にしちゃいますよ」

「いいですとも」多鶴子は大きくうなずいた。「ご遠慮なく」

「コーヒー、いれようか、姉さん」祐二がキッチンを指さしながら言った。そうね、と多鶴子は微笑み返した。ふたりはキッチンカウンターの向こうに姿を消し、麗子もその後に続いた。

柔らかな夕方の陽差しがあふれているリビングは、建売住宅によくある平凡な造りだったが、どこもかしこも光り輝いていた。

「幸せそうね、お兄ちゃん」久美はしみじみと言った。少しずつ緊張の糸がとけ、ふわりとした懐かしさが全身を包み始めている。

「まあな」と邦彦はあっさりと言った。「なんとか人並だよ」

「十三年ぶり、よ。お兄ちゃん、いくつになった？」

「三十六だ。おまえは？」

「二十八」

「その年になってやっと家を出る決心がついたなんて、相当遅れてるな。しかも家出ときた。俺に似てれば、もっと世渡りがうまかったはずなのにな」

「オクテなのよ、あたしは」

「ま、のんびりして東京見物でもするんだな。部屋は玄関脇の和室を用意した。好きに使えばいいよ」

「お邪魔しないようにするからね」久美はカウンターの向こうにいる多鶴子をちらりと見ながら言った。コーヒーの湯気の向こう側で、伏目がちの美しい顔が揺れた。

あらかじめ兄から手紙で知らされていた多鶴子のプロフィールは、あまりに紋切り型のもので、イメージすらつかめなかった。

新潟の出身。邦彦と三つ違いの三十三歳。両親は死亡。知り合ったのは八年前。同棲した後、入籍……。

どうせ、結婚願望の強い、ほっぺたの赤い田舎（いなか）の女で、兄を見つけてしがみつき、兄も不承不承、入籍してやったんだろう……その程度にしか考えていなかった。久美は盗み見るようにして、またカウンターの向こうの多鶴子を見た。

雪国出身のせいか、全身がそれこそ雪のように白い。ただ白いだけではなく、大理石か何かのように透明感にあふれている。そして、黒くたおやかなセミロングの髪。黒い眉。黒い大きな瞳。壊れそうな感じのする危うい小さな顔。やや翳（かげ）りのある静かな雰囲気……。

「あんなにきれいな人を奥さんにしてたなんて。素敵だな、お兄ちゃん。でも、あたし、新婚さんのお邪魔はするつもりはなかったのよ。なんだか悪いみたい」

「新婚なんかじゃないよ」兄はうっすらと笑った。「一緒に暮らし始めて六年もたつ。オクテのくせに、そんなくだらないことを気にするんじゃないぞ」

あの多鶴子さんが兄にしがみついたんじゃない。久美はそう確信した。兄のほうが、この人にしがみついたんだ。そうに決まってる。

微笑ましい思いにかられながら、久美は邦彦の横顔をちらりと見た。本当に変わっていなかった。むしろ年を重ねた分だけ、精悍(せいかん)さが増し、男としての絶頂期にあるように見受けられる。

邦彦が、これほど幸福そうな落ち着いた家庭を持っているなんて、想像もしなかった。親と喧嘩したあげく、二十三で単身、上京。完全に親と縁を切りながら、勝手気儘(きまま)に生きてきた兄だ。わけのわからない会社を設立し、結婚したという話は聞いていたが、どうせ、まともな暮らしはしていないのだろう、と思っていた。

兄の二の舞いで、親といさかいを起こし、止めるのも聞かずに上京して来てしまった久美は、だからこそ、一時期、身を寄せる場所として兄のところを選んだ。まともな暮らしをしていないに決まっているのだから、かえってそのほうが気楽でいい、と信じながら。

それがねえ、と久美は面白おかしい気分になりながら溜息をついた。気楽どころか、これじゃ、かえってお邪魔だったたんじゃないかしら。

邦彦が家を飛び出し、行方知れずになったのは、久美が高校に入った年だった。もともと頑固だった両親は、邦彦を死んだものと諦めるよう、久美にも言いきかせた。あんなに可愛がってくれたのに、と思うと寂しく、やりきれなかった。兄は子供のころから近所でも評判のハンサムで、長い間、久美の自慢でもあったから、尚更だった。

だが、そのうち、砂が両手からこぼれ落ちていくかのように、兄の記憶は少しずつ失われていった。時折、思い出すことはあっても、何か漠とした、実体のない物語が、安物の紙芝居のように、何度も繰り返して甦ってくるだけだった。

函館の短大を出て、家業の呉服屋を手伝うようになってから、久美は親にがんじがらめにされた自分の人生を呪うようになった。親は同業の呉服屋の長男との縁談を久美に持ち込み、何から何までひとり娘の人生の設計をたてようとした。

家を出たきり戻って来ない上の兄のことを再び懐かしく思うようになったのは、そのころからである。親に対する兄の頑固なまでもの反発が、およそ初めて心の底から理解できるようにもなった。彼女はひどく邦彦に会いたくなった。

だが、探し出して会いに行く勇気はなかった。兄には兄の生活がある。今頃、のこのこと妹が現れたら、迷惑がかかるかもしれない。激しい気性だった兄が、まともに勤め人をしているとは思えなかったし、それなら尚更のこと、兄の事情を無視して突然、上京するのは申し訳ない気もした。

そんな折、邦彦から久美あてに差し出し人の明記されていない封書が届いた。そこには結婚して、東京郊外に小さな家を建てた兄の近況が簡単に書かれてあった。

久美は親に内緒で返事を書いた。自分のことばかり書きつらねていくと、レポート用紙十枚にもなった。読み返した後、ひどく恥ずかしくなり、ひと思いに破り捨てた。それはまるで、終わることのない子供の絵日記だった。

しばらく冷静に考えた後で、簡単に短い手紙を書いた。そのうち必ず、自分はお兄ちゃんと同じ運命を辿(たど)るだろうから、その時はよろしく。そう伝えた。

そして、まさに現実はその通りになった。久美は両親と派手な喧嘩をしたあげく、荷物をまとめて上京し、兄のところにしばらく居候することに決めたのである。

「さあ、コーヒーが入りましたよ」多鶴子と祐二が、テーブルワゴンに、五人分のコーヒーカップと彩りよく並べられたプチケーキを載せて持って来た。ワゴンは木製で、脇に大きな引出しが二つ、ついているものだった。多鶴子は引出しを開け、中から人数分の紙ナフキンを取り出した。鮮やかな薔薇(ばら)の絵がプリントされた、美しいナフキンだった。波状にあしらわれた金の縁取りが、光を受けてキラキラと輝いている。

「きれい」久美は溜息をついてみせた。きれいでしょう?　と多鶴子はちらりと久美を見、愛想よく微笑んだ。「とっても気に入ってるの」

次に何を話せばいいのか、わからなくなった。思いがけず緊張している。久美は頬を赤らめ、初めて会った義理の姉から目をそらした。義理の姉だとか、義理の妹だとかいったことを意識しすぎているのかもしれなかった。もっと自然にいかなくちゃ。彼女はリラックスできるよう、こころもち背筋を伸ばし、ソファーの上で足を組んだ。

ワゴンの引出しの奥に、透明なガラス瓶が入っているのが見えた。ラベルには〝スペシャルビタE〟と印刷されてある。

多鶴子がビタミンE剤を必死になって飲んでいる姿を想像すると、なんだか信じられなかった。こんな美人でも、肌の調子を気にして、ビタミンE剤の世話になろうとするのだろうか。

麗子はそつなく多鶴子を手伝って、コーヒーカップをテーブルに並べ始めた。女ふたりのてきぱきとした動きが、いっそう座を和ませた。

久美は、この派手だが、ひたすら賑やかで話題の豊富な友人が一緒にここに来てくれたことに感謝した。もしも久美ひとりだけだったら、兄はまだしも、多鶴子や祐二に対してどうやって話の接ぎ穂を探せばいいのか、わからなかったろう。

麗子は邦彦を中心にする形で長椅子の向こう端に陣取り、時折、身振り手振りを交えて、久美に関する冗談まじりのエピソードを邦彦に語って聞かせた。邦彦は麗子のお喋りに次第に心を許してきたようで、時に大口を開けて笑い、やがては多鶴子にビールを持って来させると、麗子と久美にふるまい始めた。

「気をつけたほうがいいですよ、久美さん」祐二が微笑ましそうに言った。「義兄さんはザルみたいに飲めますからね。僕なんか、何度、つきあわされて二日酔いに苦しんだことか」

「あら、そんなこと、大丈夫よ」麗子が真っ赤に塗った長い爪を一本立て、外国人がよくやるように、顔の前でワイパーのように振ってみせた。「お兄さんがザルだとしたら、久美もまたザルだと思ったほうがいいんじゃありません？ あたしも、何度、久美のザルにつきあわされて、二日酔いになったことか」

「麗子ったら」久美は苦笑した。「いい加減なこと言わないで、自分こそザルじゃないの。北海道の人間はみんなザルだ、って自慢してるほどなんだから」

「ザルって言えば……」邦彦が二本目のビールの栓を開けながら言った。「俺が知ってる人間の中で、一番のザルだったのは、向井の奴だなあ。向井信吾」

「お友達ですか」麗子が聞いた。そう、と邦彦はうなずいた。

「そいつはね、俺と一緒に今の企画代理店を始めた奴なんだが、人間とは思えないほどだった。な、多鶴子」

そうね、と多鶴子は小さな顔をかすかに傾けてうなずいた。何かを思い出すような、曖昧な、焦点の定まらない視線が宙に浮き、やがて夫の膝のあたりで止まった。

「人間とは思えないって、どう、すごかったんです?」麗子がぐいぐいとビールを飲みながら、隣の邦彦に顔を近づけた。邦彦は彼女の動きに合わせるかのように、自分も麗子のほうに顔を寄せた。

「麗子さんでも太刀打ちできなかったと思うよ。第一、奴は毎晩、ウイスキーボトルを一本空けて、さらに口直しにビールの大瓶を二本、それでも酔わない、ってんで、最後にきわめつけのジンをロックでやるような奴だった」

「すごーい」麗子が片手を口に当てた。「それで酔わないなんて信じられない」

「もともと酒に強かったんだろうな。だが、毎晩のようにうちに来てそれをやられたんだから、こっちはたまらないよ」

「毎晩とは言わないまでも、三日に一度は来てましたっけね」祐二が言った。「どこが自分の家なのか区別がつかない感じでしたから」

「目当てが多鶴子だったからな」邦彦が手にしたビールグラスの水滴を見つめながら言った。かすかに歪んだ笑みが口もとに漂った。決して皮肉の笑みには見えなかった。むしろ、懐かしんでいるようにすら見えた。

「惚れた女の前で、シラフではいられなかったんだろう」

「多鶴子さんのこと、その向井信吾って人、惚れてたの？」久美が控え目に聞いた。まずい話題ではなさそうだった。少なくとも、今は夫婦の間では笑い話になっているに違いない……そう思えた。

「惚れてたなんてもんじゃないよ。憧れのマドンナだ。俺と苦労を共にした男じゃなければ、ぶっ飛ばしてただろうけど、まあ、何をするってわけじゃなし。さみしい男だったんだよ。独身でさ。多鶴子に会いに来て、俺と一緒に多鶴子の顔を見ながら酒を飲むことだけが楽しみだった」

「だった……って、今はどうしてるんですか、その人。結婚して二児のパパ？　そんなとこでしょ？」麗子が面白そうに言った。

邦彦は軽く息を吸った。「死んだよ。去年」

麗子が、まずいことを聞いてしまった、と言いたげに、久美をちらっと見た。「そうだったんですか。じゃあ、肝臓か何かをやられて？」

いや、と邦彦はゆっくり首を横に振った。「事故でね」

「事故？　車ですか」

邦彦が困惑したように祐二を見た。祐二が代わりにつないだ。「僕らと一緒に一泊旅行に行ったんです。伊豆にね。向井さんは、宿泊したホテルで、夜、自動販売機にドリンク剤を買いに行ったんですよ。そしたら、受け取り口に二本、出てきた。二本とも飲みほして、急に苦しみ出して……。うち一本からパラコート……農薬です……パラコートが大量に検出されました」

「やだ」と久美は言った。「最近、よくある無差別殺人？」

「まあな」邦彦がふっと溜息をついた。「ドジな奴だよ。そんなもんに引っ掛かるなんてさ」

「そのホテルじゃ、さぞかし大騒ぎだったでしょう」麗子が好奇心丸出しにして言った。「宿泊客は全員、調べられたんじゃありません？」

「一応ね。しかし、そのホテルは外部の人間も自由に出入りできるドライブインとつながってたんで、特定の被疑者は割り出せなかったんだ」

こわーい、と麗子は目を丸くした。多鶴子がひきつったような笑いを浮かべ、「さあさあ」と言った。「そんないやなお話、このくらいにしましょ。そろそろお食事の支度にかからなくちゃ」

「そうだね」祐二が姉を救うように晴れやかに笑顔をみせた。「今夜はテラスでバーベキューなんですよ。久美さんの歓迎パーティーですからね。派手にやろう、って僕が提案したんです」

「ビール、もう一本、どう？」邦彦が久美と麗子を交互に見ながら言った。

「いただこうかな」麗子が言った。「ね、久美。あたし、今日、飲んじゃう。なんだかすごく楽しい雰囲気なんだもの。いいでしょ。車はここに置かせていただくことにして、あたし、電車で帰るわ」

「なんなら泊まってったらどうです」邦彦が言った。「久美と一緒に寝ればいいんだし」

「わあ、いいんですか？　ねえ、久美。いいのかしら」

「仕方ないわね」久美は苦笑し、ふと兄の横顔を見た。兄は多鶴子の姿を目で追っているように見えた。

向井信吾という男の話が出て、多鶴子が機嫌を損ねたかどうか、案じているような顔つきだった。お兄ちゃん、相当、多鶴子さんにイカレてるのね、と久美は思った。

リビングからせり出す形になっているテラスはレンガ敷きで、すでに小さなバーベキューの道具が用意されていた。多鶴子は祐二に手伝わせて、せっせとキッチンから皿などを運び始めている。一九五〇年代ふうに腰のあたりでふくらませたフレアースカートをはいている多鶴子は、モデルさながらに美しく、デパートのおもちゃ売場に売っているバービー人形そっくりに見えた。

その夜、五人はテラスで和気あいあいとバーベキューを楽しみ、久美は昔に戻った思いで気兼ねなく兄と冗談を飛ばし合った。

家出をして十三年ぶりに別れた兄と再会した、というドラマチックなストーリーも、そうやって騒いでいると、どうでもいい話……ただの箇条書きで終わってしまうような、他愛のない話にしか思えなくなった。

多鶴子は申し分なく愛想がよく、祐二は若者の代表を絵に描いたように、率直で明るかった。

麗子はさんざん飲み、邦彦とすっかりうちとけて、函館の思い出話に興じた。邦彦も麗子のことが気にいった様子だった。

久美はほっとした。すべてはこんなふうに丸くおさまるんだ、と思った。

庭には、多鶴子が手入れをしたらしいデコレーションケーキのように丸く華やかな花壇が作られており、フェンスをつたう蔓薔薇が、小さな赤い花を咲かせていた。そして、相変わらず風に乗って漂ってくる、夥しいほどの金木犀の香り。香り。香り。

平和な夜、心ときめく夜だった。自分だけの人生がこれから始まる。そう思うと全身に力がみなぎった。久美は公認会計士として事務所に勤めているという祐二と、気のおけない会話を楽しみ始めた。

＊

またたく間に時が流れた。久美は兄の邦彦の奔走により、渋谷にある小さな広告代理店に働き口を見つけることができた。そこは、主に呉服関係の広告を扱うところで、実家で家業の手伝いをしていたころの知識が図らずも役立つことになった。

実家からは何も言って来なかった。探そうと思えば、兄の居所だって探せるはずだったが、あえてそうしたことはしない両親の頑固さが、この場合、久美をほっとさせる結果になった。どのみち、両親は自分を諦めたんだろう、と久美は思った。それがいいことか、悪いことか、よくわからなかった。邦彦の時と同様、娘は死んだものと諦めたに違いない。すでに結婚して家業を継いでいる次兄がいる限り、両親が恥をさらして不実な娘や息子を全国中、探しまわることは、まずないだろう。

同居している多鶴子とは、一定の距離を保ちながら、非常にうまくやっていた。昼間はもちろんのこと、たいていは外で食事をすませてから遅く帰宅する久美が、多鶴子と顔をつき合わせていることは滅多になかったし、たとえ、そういうことがあったとしても、ふたりは互いに別々の部屋にいて、思い思いの好きなことをやっていた。そのへんの呼吸は信じがたいほどスムースに合った。

何度、兄の家を出て独り暮らしを始めようと思ったか知れない。だが、久美は兄の家にいることの居心地のよさに甘えた。それに、こんなにみんなとうまくいっていて、どうして、今更、独り暮らしをする必要があっただろうか。

ひと通りの思い出話を終えてしまうと、兄の邦彦とは、あっさりした関係になった。兄は時々、深夜まで帰らないことがあり、休日も仕事で出掛けたりしたため、ゆっくり話す機会も少なかった。

これでいいんだ、と久美は思った。ひとつの儀式が終わった……そんな感じすらしていた。

麗子や祐二は時々、訪ねて来て、邦彦の留守中も楽しんでいった。どちらかというと品のいい、もの静かな印象の多鶴子と比べ、麗子の奔放で派手な雰囲気は互いに相容れないものと思いこんでいた久美は、自分の人間観察のつたなさに呆れることになった。多鶴子と麗子は互いに料理が趣味という唯一絶対の共通点を見つけ出し、一緒にキッチンにこもって何かを作ったり、料理談義に花を咲かせたりした。

もともと誰とでもすぐに仲よくなる麗子は別にしても、多鶴子のような人が、それほど短期間に麗子に気を許すとは思っていなかった。自分の親友が、義姉と親しくなってくれたことが、久美にはことのほか嬉しく感じられた。

麗子の勤める大手デザイン事務所と、久美の事務所とは目と鼻の先で、ふたりは時折、昼食を共にした。麗子の恋人だという、森本武史を紹介されたのも、その昼食時だった。

武史は麗子と同じ年のイラストレーターで、口髭(くちひげ)をたくわえたキリストのように瘦せた男だった。二度、三度、武史とは同席したが、余計なことは喋らない性格であるらしく、もっぱら会話の主導権は麗子が握った。

「結婚するの?」或(あ)る時、久美は聞いてみたことがある。武史は黙ったまま無表情に目をそらし、麗子は大袈裟(おおげさ)なほど身体を震わせて笑った。

「結婚? あたしには無縁の言葉よ。男と女ってのは、そんなものをしないで関わってる時が一番なんだから」

麗子は千人斬りを目指す、と豪語するような女で、過去にも多くの男性体験があったようだった。

「男とはね」と彼女はいつもはすっぱな調子で久美に言ってきかせる。「きれいごとを言ってても始まらないのよ。ベッドインすること。それが肝心。あたしは、ずっとこんな調子でやっていって、五十歳くらいでぽっくりいく人生が理想だわ。ひとりの男にのめりこむなんて、沢山」

その言い方には多少、大袈裟なものが感じられたが、それにしても、久美には武史が少し気の毒に思われた。しかし、所詮は他人のことだった。友達の生き方に口をはさむのは、趣味ではなかった。

時が流れ、ひとたび回転を始めた久美の新しい生活は、とどまることなく順調に動き続けているように見えた。

少なくとも、久美が上京してから一年が過ぎるまでは。

その日、事務所の窓からぼんやりと渋谷の街並を見下ろし、自分でも意外なことに函館の両親のことを考えていた久美は、麗子からの電話を受けて、我に返った。

「久しぶりじゃない、麗子」と彼女は言った。「と言っても十日ぶりくらいだけどね」

「あたしたちが十日間、会わなかったのは初めてじゃない?」

「そうね。あたし、何度か電話したのよ。いつも留守だったわ。忙しかったようね」

「ううん。そうでもない。どう? 元気?」

「まあね」久美は、さっきまで考えていた函館の親のことを思い出したが、それを麗子に話すのはやめた。感傷的になるには、まだ陽が高すぎる。「麗子は？　元気だった？」

「どうかしらね」麗子は思いがけず陰気な声で言った。「ちょっとね。いろいろあったもんだから。久美、今夜、会える？」

「いいけど……何かあったの？」

「会ってから話すわ。ねえ、どこにする？　いつものホテルのロビーでいい？」

「何があったのよ。言いなさいよ」

「電話じゃ言えない。衝撃の告白よ。覚悟しといて」

武史と別れたのかもしれない、と久美は思った。そしてまた新しい恋をしたのかも……。

「せいぜい楽しみにしてるわよ」久美はからかうように言った。「じゃ、七時にね」

仕事を終えてから待ち合わせの渋谷のホテルのロビーに行くと、麗子が黒い革張りのソファーに力なく坐って待っていた。焦げ茶色の革のミニスカートに同色のセーター。心なしかやつれた感じがしているわりには、目がうるみ、ひどく女らしく見える。

芝居がかった感じで首を傾け、はすっぱな手付きで吸っていた煙草(たばこ)を消すと、麗子はさっと立ち上がった。「行きましょ」

「行くってどこへ？　食事は？　しないの？」

「食べたくないの。それよりもどこか静かなバーで一杯やるのつきあって。あなた、お腹がすいてるんだったら、そこで何か食べたらいいわ」

「どうしたのよ、麗子。人が変わったみたいよ。あなたが食欲がないだなんて」

「そういうこともあるわ」麗子は大人びた笑みを浮かべ、長い髪の毛の間からいわくありげな目配せを返した。

恋をしてるんだな、というのが久美の直感だった。やれやれ。これで今夜もまた、あれこれといきさつを聞かされる羽目になる。

彼女は麗子についてホテルの地下にあるメインバーに行き、まだ客のいない中央のカウンタースツールに黙って腰を下ろした。

初めのうち、麗子は注文したカンパリソーダに口をつけながら、あたりさわりのない話……部屋にあるオーブンが壊れて、せっかく作ってみた自家製ケーキが台無しになった話とか、仕事先で喧嘩してしまった若い男の学生の悪口とかを世間話ふうに喋り続けていたが、やがて、ふっと押し黙った。

長い溜息のようなものが、そのぽってりした唇から流れた。

「久美。驚かないでね」

「何よ」

あたし……と彼女は言い、サラブレッドの牝馬か何かのように、ブルッと長い髪を震わせた。「驚くと思うけど、こんな話、久美にしかできないもんだから……」

「言いなさいよ。言わなけりゃ、こっちだってわかんないでしょ」

「あたしね」麗子は目を伏せた。「あたし……あなたのお兄さんと深い関係になっちゃったの」

予想していなかったことを言われたせいか、あるいは兄の名が出たことに意味もなく不潔なものを感じたせいか、久美は答えることができずに目を見張った。

麗子はくどくどと弁解がましく説明を始めた。……最初のころは、同郷の男で、しかも久美の兄貴だということに気安さを感じてただけだったの。でも、だんだん、あたしったら、のめりこんでしまって。いちいち久美や多鶴子に、俺たちが会ったことを報告することはない、って言い出したのは邦彦さんのほうからなの。そのへんから、なんだか怪しい雰囲気になったわけよ。関係を持ってから半年ほどになるわ。邦彦さんは素敵な人。悪いけど、武史なんかよりもずっと素敵。大人の男っていう感じ。でも、あたし、悩んだのよ。多鶴子さんのこと、とっても悪い気がして。でも、このまま多鶴子さんと別れてほしい、とかなんとか、そんな大それたことは考えていないのよ。ただ、どうなるのか、自分でも怖いだけなの。ほんと、怖いのよ……。

そして麗子は不安げに隣にいる久美を見つめた。

「久美、不潔だなんて、思わないでよね」

何と答えたらいいのか、わからなかった。久美はなるべく深刻な表情を作らないよう注意して、背筋を伸ばした。

「やるわね、麗子も。何の話かと思ったら、まさかうちのお兄ちゃんと……」

「正直に言うとね」麗子は恥じらいながら言った。「久美と一緒に初めて邦彦さんの家に行った時から、なんだか胸がときめいてたの。恋の予感……かな。以来、なんとなく武史とはうまくいかなくなっちゃったけど」

「武史さん、どうなの？　気づいてないの？」

「それがね」麗子はグラスについた水滴を指でなぞった。「知られちゃったのよ」

「兄貴のこと、喋ったの？」

「まさか。気づかれたのよ。留守番電話にね、邦彦さんからの愛情こもった電話が録音されてたことがあったの。武史が留守中のあたしの部屋に来て、それを聞いてしまったのよ。さんざん、厭味（いやみ）を言われて大喧嘩よ」

「知らないわよ、あたしは」久美は溜息まじりに言った。正直な気持ちだった。自分の紹介した女が原因で、兄夫婦がトラブルをおこすなど、居候の身としては、いささか気が滅入る話だった。

「麗子、暴走しないでよね。兄貴とあなたがどんな関係であれ、あたしには何も言う権利はないけど、兄貴には多鶴子さんがいるのよ。多鶴子さんのことも考えないと」

「わかってるわ。だから辛いのよ」

麗子はそれから、堰を切ったように邦彦について喋り出した。すでに深い関係になったというのに、邦彦さんはそれ以来、なんとなく冷たい。避けてるような感じもする。ただの遊びだったのか、と思って笑って諦めるつもりもあったんだけど、時々、ごくたまに電話で優しい言葉を吐かれると別れる勇気がなくなってしまって……。

そして麗子は「知ってた? 久美」と挑戦的につけ加えた。「邦彦さんと多鶴子さん、仲がよさそうに見えて、そうでもない、ってこと」

「知らないわ」

「邦彦さんが言ったのを聞いたことがあるの。多鶴子と一緒にいると時々、息が詰まるって」

そうした話はあまり聞きたくなかった。久美は半ば耳を塞ぎたくなる思いで、邪険に言った。「他の女と怪しい関係になろうとしている時に、女房との仲をのろける男もいないでしょ。真面目に受け取ったらだめよ」

「かもね」麗子は意外にもあっさりと認め、煙草に火をつけた。「でも、邦彦さん、あたしみたいに平凡な女に飢えてたみたいなところがあるわ。その理由もはっきりしてるの。多鶴子さんの過去を聞いたから」

「過去？　何よ、それ」

紫煙(しえん)をきれいに吐き終えると、麗子は腰をひねって久美を見た。「多鶴子さんのご両親は、昔、新潟で暴力団に刺し殺されたんですって」

初耳だった。久美は、否応なしに沸き上がってくる好奇心に自分で醜いものを感じながら、黙っていた。麗子は続けた。

「よくわからないけど、多鶴子さんの父親っていうのが、その筋の仕事に関係してたようね。もっとも子供である多鶴子さんたちは、両親の死後、ごく普通の親戚に引き取られて普通に育ったらしいけど。そういう過去がある女の人は、やっぱり、どこか暗い一面を持ってるのよ。そりゃあそうよね。誰が見ても、多鶴子さんはきれいだけど、どっか暗いもの。陰がある、っていうか……ね。邦彦さん、そんなところに、息が詰まるって言いたかったんじゃないかしら」

久美は黙って麗子のシガレットケースから煙草を一本、抜き取り、ライターで火をつけた。ノーコメントでいるのが利口だ、と思った。少なくとも、自分自身のために。

長い沈黙があった。麗子は突然、背筋を伸ばし、「あーあ」と溜息をついた。

「多鶴子さんにこのことを教えてやりたいような気もするわ。憎いのよ。あんなにきれいな人が邦彦さんの奥さんだなんて。時々、むしゃくしゃするくらいよ。どう見たって、あの人、男を夢中にさせるものを持ってるもの。でも、多鶴子さん、この間なんか、あたしにプレゼントをくれちゃったりしてね。少しは亭主の心変わりに気づいたのかしら。あたしに取り入るつもりなのかもしれない」

「プレゼント?」久美は聞き返した。「何よ、それ」

「十日前、あたし久美の家に行ったでしょ。実はあの帰りに邦彦さんを待ちぶせるために彼の会社に行って、ビルの前で待ってたんだけど……。結局、フラれたわ。邦彦さん、どこか別の出口から出て行ったらしいの。あたし、ひとりで飲んだくれて泣いてたんだけど……。こんな話、どうでもいいわね。ともかくあの日、久美ったら帰るのが遅かったじゃない。あたしはずっと、多鶴子さんとふたりっきりでさ。困ったわよ。その時にね、多鶴子さん、あたしにちっちゃな可愛いピルケースが三つ入っているセットをくれたの。高価なものなのよ。銀で出来てて、ずっしりと重いの。中にビタミンEを詰めてくれたわ」

「ビタミンE?」

「そう。山村製薬のスペシャルビタEってやつよ。お肌に特別の効果あり、っていう、あれよ。どうりできれいなはずよね。多鶴子さん、スペシャルビタEを毎日、欠かさず飲んでるんだって」

ああ、と久美は曖昧にうなずいた。初めて兄の家に行った時、テーブルワゴンの引出しの中にスペシャルビタEのラベルが貼られた瓶があったことが思い出された。

「へえ、初耳」

「多鶴子さんたら、他の人には黙っててね、って言うのよ。どうしてかわかる?」

久美は首を横に振った。麗子は歪んだ笑みを浮かべながら「いい人なのよね」と言った。

「あの人、いい人なのよ。憎らしいくらいに。彼女、久美の誕生日に同じものをプレゼントするつもりだから、って言ってたわ。仲よしの麗子さんと久美ちゃんにお揃いのものをあげたいから、って。びっくりさせたいから、それまで黙ってて、って」

そう、と久美は言った。「で、結局、麗子が今、それをバラしたってわけね」

「いいじゃない、それくらい。あたし、多鶴子さんからそれをもらって、複雑な気分よ。捨ててしまいたいような、それでいて、あのビタミンEを飲んだら、彼女よりもずっときれいになれるような……」

バーの入口に五、六人の若い男女のグループが立ち、店内が騒々しくなった。麗子は鼻をすすり上げた。泣いているらしいことはわかったが、久美は気がつかなかったふりをした。

その夜、帰宅すると、珍しく兄が先に帰っていた。多鶴子が風呂に入ったのを見届けて、久美は兄に近づき、「お兄ちゃん」と声をかけた。

邦彦はテレビのプロ野球ニュースに目を釘付けにしたまま、「え？」とうわの空で言った。

「話があるの」

なんだい、と彼はちらりと彼女を見た。久美は、どうしてこんな問題がおこってしまったのか、我ながら情けないような気持ちになりながら「あのね」と言った。「お兄ちゃん……麗子のこと、どうするつもりなの」

邦彦は顔色を変えなかった。彼はおもむろにテレビの音声をリモコンで絞り、少しもぞもぞと腰を動かした。途端にあたりは静かになった。遠くで多鶴子が湯を使う音がかすかにする。

「今日、彼女から聞いたのよ」久美はうつむいた。「あたしには何も言う権利はないけど。でも、なんだかあまり楽しい話には聞こえなくて……」

邦彦は着ていた青いガウンのベルトを締め直し、サイドテーブルの上のオンザロックをゆっくりと持ち上げた。それだけの動作をし終えるのに、途方もなく長い時間がかかったような感じがした。

「おまえに言っておくよ」彼は聞き取れないほど低い声で言った。「はっきり言って、彼女のことは悩みの種になってるんだ」

「え？」

邦彦は正面から久美を見据えた。たじろぐほど真っ直ぐな視線だった。

「確かに」と彼は言った。「彼女と関係はもったよ。だが、本気ではなかったし、このまま続ける気は毛頭ない。久美には不潔に聞こえるかもしれんが、男にはそういうところがある。つまり……彼女とはただの遊びのつもりだったんだ」

「そんな……。麗子は夢中よ。ひどいじゃないの。多鶴子さんだって、もしこのことを知ったら……」

「どうかしてたんだ」邦彦は自分を呪うように唇を噛んでみせた。「彼女はもっと大人だと思ってた。それが間違いのもとだった。自分が情けないよ。いい年をして、恥をさらしたようなもんだ」

「だったら、早くなんとかしなくちゃ。このままいったら、多鶴子さんまで巻き込んで、みんなが辛い思いをしなくちゃならなくなるわ」

「わかってる」

「ねえ、お兄ちゃんたら」久美は理不尽に腹立たしい気持ちになりながら、地団太を踏んだ。「呑気なことを言ってる場合じゃないわ。麗子、相当、狂ってるわよ。あれだけ恋愛経験の多い人が、これほど惚れぬいてるなんて、あたし、聞いててぞっとしたもの」

廊下を隔てたバスルームのほうをちらりと見ると、邦彦は「聞いてくれ」と言いながら、懇願するように久美を見上げた。

「俺が愛してるのは」と彼は言った。「多鶴子だけなんだ」

久美は少しの間、考え、何を言えばいいのか、迷い、結局、何も言えなくなって、そっと目をそらした。

*

麗子と邦彦との関係を知ってしまってから、久美の中に多鶴子への憐れみのようなものが生まれた。誰かを憐れんでいる時の人の心には、たいてい自分でも意識しない快感のようなものが同居する。久美の場合もそうだった。

あらゆる点で恵まれているように見える多鶴子が、実は自分や麗子と同様、運命の波に逆らえずにいる、ということは、或る意味で喜ばしいこと、意地悪く冷笑してやりたいことのように思えてならなかった。そして久美は、そんな自分を恥じた。

その週の土曜日の午後六時。玄関チャイムが鳴った時、久美は多鶴子を手伝って、キッチンでギョーザの皮に肉を詰めているところだった。

「もう着いたのかしら」久美は急いで水道の蛇口をひねり、手を洗った。「私が出ます」

祐二が夕食を食べに来ることになっていなければ、その時、久美は率先して玄関に出ようとはしなかったろう。居候の身が、一家の主婦である多鶴子をさしおいて、何事につけ玄関に出るということは、気をつけないといけない問題だ、と信じていたからである。

彼女はまだ水滴の残った手の平をジーンズの腰の辺りで拭いながら、玄関の鍵をはずした。

「早かったのね、祐二さん」そう言いながら、玄関ポーチに向かって笑いかけた久美の微笑が、そのままの形で静止した。

すでに闇がたちこめたポーチに立っていたのは、祐二ではなく、ふたりの体格のいい見知らぬ男だった。

男たちは、玄関の外に掛けられている表札をわざとらしく何度も見直しながら、久美に向かって儀礼的に微笑みかけた。

「こちら、宇野邦彦さんのお宅ですね」

はあ、と久美は言った。男たちの顔にはまったく見覚えがなかった。ひとりは銀縁の眼鏡をかけている。もうひとりは、額の狭い、四角い顔をした男だった。

眼鏡のほうが「突然、恐縮です」と言った。そしてひどくもったいぶった口調でつけ加えた。「警察の者ですが」

黒い手帳のようなものが目の前に差し出された。久美が咄嗟に思ったのは、函館の両親が差し向けた警察の人間に違いない、ということだった。

「あ、あの……」と久美は後ずさりしながら言った。「今、この家の人を呼んで来ますので」

だが、すでに多鶴子は久美のすぐ後ろに立っていた。ヘアバンドで止めた前髪がひと筋、白い額に垂れている。多鶴子はその髪を無造作にかき上げながら「何か？」と誰にともなく聞いた。

久美は多鶴子の後ろ側に行き、「警察よ」と囁いた。多鶴子は驚いた様子も見せずにうなずくと、一歩前に進み出た。

「宇野久美さんですか」眼鏡のほうが多鶴子に向って聞いた。久美は震え上がった。

いいえ、と多鶴子は落ち着きはらって答えながら、困惑したように久美のほうを見た。

四角い顔の男がその視線を辿って久美を見つめた。

「ああ、そちらの方が宇野久美さんでしたか」

「何の御用でしょう」多鶴子は抑揚のない調子で聞いた。ふたりの刑事はちょっとはにかんだように唇を歪め、「ここでは何なので……」と言葉を濁した。「ちょっと入れてもらっても構わないでしょうか」

「御用件は何でしょう」多鶴子は譲らなかった。刺がある言い方ではない。ひたすら冷やかな、入りこむ余地のない、彼女特有の他人を遮断する言い方で。

はあ、と眼鏡のほうが形ばかり目を伏せた。伏せた目がしばし地面をさまよい、やがて芝居がかった様子で再び正面に向けられた。

「矢部麗子さんについて伺いたいことがあるんですが」

「麗子？」久美は声を上げた。「麗子がどうかしたんですか」

「御存知じゃなかったんですね」四角い顔が気の毒そうに言った。「矢部麗子さんが、今朝がた、自宅寝室で死体で発見されたんですよ」

心臓がコトリと音をたてて、そのまま止まってしまったような感じがした。久美は息をのみ、ふたりの男を凝視した。

眼鏡が久美を見つめた。「被害者は宇野久美さん並びに宇野邦彦さんと親しかったと聞いております。おふたりに被害者の最近の生活ぶりなどを伺いたいと思いましてね」

「主人はまだ帰宅しておりません」多鶴子が言った。「それに主人は麗子さんと親しかったわけではありませんわ。ここにいる久美ちゃんの友達ということで、何度かうちで会っただけです」

「らしいですね」眼鏡がわざとらしく大きくうなずいた。「そのへんのことも是非、詳しくお聞かせ願いたいものです」

悪い夢を見ているような感じだった。麗子が死んだ？　そんな馬鹿な。それに、どうしてこんな場所で、多鶴子さん相手にこの男たちは、兄と麗子との仲をほのめかそうとするのだろう。

麗子とは、兄との関係を聞かされて以来、一度も会っていない。電話もなかった。兄はここのところ、毎日、早めに帰宅している。麗子は悩みながらも、兄を諦めようと努力しているに違いない。そう思っていた矢先だった。

「死んだ、って……」久美は片手を口に当てながら言った。「ご冗談でしょう」

いいえ、とふたりの男は言い、そのまま玄関の中に足を踏み入れた。「本当です。ちょっとあがらせてもらって構いませんか」

多鶴子は露骨にショックを受けた顔を見せながら、黙ったままうなずいた。男たちは無骨なやり方で靴を脱ぎ、多鶴子が指し示したリビングルームに向かって歩き出した。

「どうして……」久美はその背中を追いながら言った。「どうして死んだんです。私、そんなことちっとも……」

男たちはリビングのソファーに浅く腰を下ろし、まるで喫茶店で出されたおしぼりで顔を拭った後のように、ほっと溜息をつくと、場違いなほど快活な声で答えた。

「死因はさっきわかったばかりです。薬物による急性中毒死でした」

自殺、という言葉が久美の頭の中で不吉にこだました。普段、明るく振る舞っている人ほど、ささいな問題で簡単に死を選んでしまうものだ、という話はよく聞く。それほどまでに悩んでいたというのか。どうして自分に何も相談してくれなかったのだろう。

多鶴子はピンク色のエプロンの縁を握りしめながら、不安を隠せない様子で久美の隣に坐った。

「発見者は麗子さんの友人の森本武史さんという方でしてね。合鍵を持っていたそうで、今朝、麗子さんのマンションに入り、発見したというわけです。すぐに救急車を呼んだのですが、すでに死亡していたようでした。実を言うと、宇野久美さんと邦彦さんのことを聞いたのも、その森本さんからなんです」

眼鏡の後をついで四角い顔のほうが続けた。「室内には相当、苦しんだ跡が残されていましてね。一応、我々としては、自殺、事故、他殺の三つの側面から調べてみることに……」

「他殺？」久美は相手を遮った。「殺されたんですか、麗子は」

「いえいえ、そうと決まったわけではありません。なにぶん薬物で死亡した場合は、入念な検証が必要でして、そのためにも是非、ご協力をお願いしないと……」

「でも、私……。ああ、刑事さん、私、何が何だか、わけがわかりません」

「落ち着くのよ、久美ちゃん」多鶴子が白い手を久美の腕にそっと当てた。「ね？　何か強いお酒でも飲む？」

いやいやをするように首を強く横に振ると、久美は多鶴子の腕にしがみつき、唇を嚙んだ。悲しみというよりも、ひたすら信じがたい話を聞かされた後のショックが、彼女を一瞬、貧血状態にさせた。息苦しく、胸がむかついた。久美はしばらくの間、じっとしていた。

「最近、何か特別に変わったことは？」

久美がその質問に答えようと顔を上げた時、多鶴子が素早く応じた。「刑事さん、申し訳ありませんが、またの機会にしていただけませんでしょうか。主人もまだ帰っておりませんし、久美ちゃんも今はとてもそんな話に応じられる状態じゃないと思いますから」

ふたりの男は互いに顔を見合わせた。多鶴子はてきぱきと久美を支えていた両手を放し、彼女をソファーにくつろがせると、音をたてずに立ち上がった。

「ふたりは本当に仲がよかったんです。突然、こんな知らせを受けたら、どうなるか、ご想像がつきますでしょう?」

「そりゃあ、まあ」と男たちはもぞもぞと腰を動かした。「おっしゃる通りですな」

「今夜遅くか、あるいは明日にでも出直していただけるとありがたいのですが」多鶴子はきっぱりと言った。「主人も明日は在宅しておりますから」

「わかりました」眼鏡がいくらかムッとした様子で立ち上がった。「明日、朝早くにお伺いしましょう」

出て行くふたりの男たちの背に向かって、久美はおびえたまなざしを投げた。視線に気づいたらしい四角い顔の男が足を止めてふり返った。

「ひとつだけ、今、伺わせてください」男は道を聞く時のようなへりくだった口調で言った。「麗子さんは、普段、薬物について詳しい方でしたか」

久美は顔を歪めた。頭が混乱してわけがわからなかった。「薬物?　薬物って何なんです」彼女は水を吸いこんだ笛のように震える声で言った。「ヘロインとか何とか、そんなもの、麗子が常用するわけがないでしょう?　睡眠薬だって必要としたことがない人なんです。よく飲んでたのはお酒とコーヒーだけだわ」

「ヘロインや睡眠薬のことではありません」四角い顔が、わけもなく満足そうに言った。

「私どもがお尋ねしたいのは、農薬についてなんです」

久美は男たちを代わる代わる見つめた。四角い顔のほうが淡々とつないだ。「矢部麗子さんは、パラコート剤を服用して亡くなったものですから」

久美が黙っていると、ふたりの男はまるで決定的なセリフを吐いたあとの役者のようなもったいぶった動作で、互いに譲り合いながら部屋を出て行った。

パラコート？　麗子がパラコートを飲んだ？

不意にパラコートについて遠い昔、誰かと喋ったことが思い出された。

誰とだったか。そうだ、兄や祐二とだ。かつての共同経営者が、パラコート入りのドリンク剤を飲んで死んだ、という話……。多鶴子さんに憧れていた共同経営者が……。

頭の中でガラスが粉々に砕け、元あった形が判別できなくなるような感じがした。パラコート。その不吉な農薬が、何故、麗子を死においやることになったのだろう。

「久美ちゃん」

振り返ると、入口のところに祐二が立っていた。彼は心配げな顔をして、つかつかと近寄って来た。

「今、来たんだ。姉から聞いたよ。大変なことになったね」

祐二の着ているからし色のジャケットから、かすかに深まった秋の匂いが漂い、それが久美を刺激した。

「死んじゃったのよ」久美は祐二を見上げてしゃくり上げた。「麗子が死んじゃったのよ」

泣くつもりはなかった。泣いてすむような問題ではないとわかりきっていた。だが、彼女は泣くことによって、混乱した頭をどうにかなだめすかしたい、と願った。

祐二は黙って彼女の手を取った。分厚い大きな乾いた手の平が、久美の冷たくなった手を包みこんだ。涙があふれた。

「何と言ったらいいのか、わからないよ」祐二は低い声で言った。「ひどいことだ」

久美は鼻をすすりながら、天井を見上げたまま嗚咽（おえつ）をこらえた。

祐二は静かに彼女の手をさすり続けた。その、思いがけない優しさに、久美は臆することなくすがりつこうとした。

たったひとりの友人だった。そんな感傷的な言い方はこれまで麗子とはし合ったことはないが、事実だった。

「死因は何だったの」祐二が控え目に聞いた。答えたくないのなら答えなくてもいい、という聞き方だった。久美は唇を噛み、そっと手を元に戻すと、涙を拭いた。

「中毒ですって」

「中毒？　何の」

「パラコートを飲んだらしいの。あるいは飲まされたか……」

「パラコートって、あの農薬のこと？」

久美はうなずいた。うなずきながら、またしても、かつての共同経営者の死のことを思い出した。

視界の片隅に多鶴子の姿が映った。多鶴子は両腕で自分の身体をくるみこみながら、おののくように立ちすくんでいた。

「いやな話だな」祐二は誰にともなく言った。「二年前、向井さんがパラコートで亡くなったばかりだというのに」

「恐ろしいわ」多鶴子がつぶやいた。「偶然とはいえ、こんなことが続けておこるなんて」

祐二は久美を見た。「なんでまた、パラコートなんか……。第一、あれは今、死亡事故が多くなったという理由で、複合剤に切り換えられているはずだよ。昔のものを手に入れるのは、難しいんじゃないだろうか」

久美は視線をそむけ、多鶴子が視界に入らないよう姿勢を変えた。

「どっちにしたって、麗子がそんなものを飲んで自殺するなんて考えられないわ」

「事故かな。でも、パラコートなんて、一口飲んだら、誰だって吐き出すような代物だよ。それを致死量分、飲むなんて……」

多鶴子が近づいて来て、放心したように久美の隣に坐った。

「邦彦さん、驚くわね、きっと」多鶴子はぽつりと言った。「あんなに麗子さんのこと可愛がっていたから」

久美は虚をつかれたように隣にいる多鶴子を見た。可愛がっていた？　多鶴子さんは、あのことを知っていたのだろうか。麗子と兄が多鶴子に黙って関係を持ったことを。

だが、それはただの表現のひとつ……多鶴子一流の、物の見方のひとつであると言うこともできた。久美は再び前を向き、額に手を当てて、髪をかきむしった。

*

矢部麗子の遺体は、函館の実家から駆けつけた両親によって引き取られていった。麗子の死因は、呼吸循環不全によるショック死だった。

ただ、自殺なのか、他殺なのか、あるいは不慮の事故なのか、詳しいことは伏せられたままだった。

室内に残されたものに死を匂わせたような日記やメモの類いはなく、また、何者かが侵入した形跡もなかった。

ただひとつだけ、パラコート剤を服用して苦しみ出した麗子が、電話をかけようとして電話の受話器をはずしたらしい形跡があったが、それも自殺を図って途中で苦しくなって救急車を呼ぼうとしたのか、ただ単に偶然、はずれてしまったのか、確かなことは判別されなかった。

パラコートらしき薬剤の詰まった瓶は何ひとつなく、室内にそれの飛沫が飛び散った跡もなかった。1LDKのマンションの窓という窓には内鍵がしっかりかけられており、当然、玄関ドアにも鍵がかかっていた。

麗子はパジャマ姿だったが、化粧は落としておらず、はっきりと残ったブルーのアイシャドウの跡があった。キッチンの流しの中に、飲み残したままのジンジャーエールの缶が一本、置いてあったが、中身からはパラコートは微量なりとも検出されなかった。

ただ、彼女の食道や口腔内にパラコートによる爛れは見られなかった。強烈な刺激臭があるパラコートを直接、口の中に流しこんだのなら、吐き出してしまうはずだし、思わず飲み下したのだとしても、食道に夥しい爛れが見られるはずである。警察では、こうしたことから、麗子はおそらくオブラートのようなものか、あるいはカプセル状のものにパラコートを詰めて飲み込んだか、あるいは飲まされたかしたものであろう、とみて、捜査を続けている様子だった。

もしかすると次々に新しい検証結果が出ているのかもしれなかったが、久美や邦彦、多鶴子が知らされているのは、せいぜいその程度だった。

久美の勤務先に森本武史が沈痛な声で電話をしてきたのは、そんな矢先のことである。

「会いたいんです」と彼は言った。「いろいろあなたと話したいことがあるもんですから」

「麗子のことですか」久美は返ってくる答えを予期しながら聞いた。もちろんです、と武史は言った。「他に話したいことなんか、今の僕にはありません」

久美は麗子と最後に会って兄との関係のことを聞いた渋谷のホテルのバーを指定し、その夜七時に会うことを約束した。

麗子について何か話したい、聞きたいと思うのは、久美とて武史と同様だった。兄夫婦は落ち着きを取り戻し、何事もなかったように元通りの生活を始めてはいたが、邦彦と麗子との火遊びが、多鶴子に知られたことは明らかだった。もし、兄が麗子と何もなければ、警察はしつこく邦彦につきまとい、麗子のことを聞き出そうとはしなかったろう。

すべてにおいて察しのいい多鶴子が、その様子を見ていて、何も感じないはずはなかった。麗子の死後、数日間、多鶴子が物思いに耽(ふけ)っていたことがあったが、多分、そのころ、真実を知ったのだろう、と久美は思っていた。

そんな状態にある兄夫婦の前で、麗子の話題はタブーだった。かといって、東京に麗子と共通の友人もいない。麗子の話を思う存分、話せる相手は武史しかいなかった。しかも彼は邦彦と麗子のことも知っているのだ。

七時少し前にバーに着くと、武史はすでに来ていて、スツールに深く腰を下ろしながら、スコッチのオンザロックを飲んでいた。客は武史の他には一人もおらず、カウンターの中のボーイたちは、退屈そうにグラスを磨きながら、うんざりしたような目で久美を一瞥(いちべつ)した。

「御無沙汰してます」久美が挨拶をすると、武史は黙って軽く頭を下げた。痛々しいほどやつれた姿を想像していたものだったが、外見にはさほどの変化は見られなかった。

「何を飲みますか」武史は聞いた。ビールを、と久美は答えた。

注文したビールが運ばれ、ガラスの小鉢に入れられたナッツと共にカウンターの上にセットされるまで、武史は身動きひとつせず、前を向いていた。

「今度のことはショックでしたけど」と久美は沈黙にいたたまれなくなって口を開いた。「あたしなんかより、あなたのほうがショックが大きかったと思います。何て言ったらいいのか、わからないけど、つまり……」

「つまらん前置きはやめましょう」武史は単調な低い声で言った。「そんなことは当たり前の話ですからね。それより」と彼はスツールを半回転させて、久美のほうを見た。「単刀直入に言います」

「は?」

「僕はあなたのお兄さんを殺してやりたいと思ってます」

口を開きかけたが、言うべき言葉が見つからなかった。久美は瞬きをした。

「僕は麗子は自殺したんだと思っています。他ならぬあなたのお兄さんのせいでね」

「兄が……兄が、彼女をそこまで追い込んだとでも?」

「そういうことになりますよ。麗子はね、ああ見えて、実はすごくウブで傷つきやすい女だった。あなたが警察から何を聞かされたか知りませんが、僕は彼女から来た最後の手紙というのを持ってるんです。そこには、僕に対して申し訳ないという気持ちと、あなたのお兄さん、そして多鶴子さんっていうんですか、その奥さんに対して申し訳ないっていう気持ちとで、混乱してしまって、わけがわからなくなっている、と書いてありました。死を匂わせてはいませんでしたが、つまりそれは、メタメタになっている自分を表現したことに変わりはありませんよ。久美さん、あなた、知ってましたか? 麗子にとっては、僕が初めての男で、そしてあなたのお兄さんが最後の男だったんだ」

久美はゆっくり首を横に振った。千人斬りを目指すわよ、などと豪語していた麗子を思い出すと、ひどく不思議な痛々しい気持ちがした。あれは子供じみた、病的とも言える虚勢だったのだろうか。

「麗子の実体は僕しか知らないでしょう。多分ね。彼女は惚れっぽい自分が怖くて、逆に男を軽んじるようなセリフを吐き、なんとか自分の中でバランスを保っていたんです。ひとたび惚れてしまうと、彼女は何をするかわからないような女だった。僕はそれが怖かった。でも、僕の力では、不足だったんですね。彼女に惚れたのは僕で、彼女は初めから僕に惚れたわけではなかったんです。惚れた演技をするのに疲れたころ、あなたのお兄さんが現れた。そして彼女は自分が案じていた通り、惚れこんでしまい、あんなことを……」

「ちょっと待ってください」久美は、興味深そうにちらちらとこちらを見ているボーイの目を意識しながら、小声で言った。「武史さんは、本当に麗子が自殺したと考えてるんですか。警察もそう考えてるんでしょうか」

「警察がどんなふうに捜査を進めてるのかはわからないです。ただ、事故の可能性は消えたようですね。なにしろ、彼女の食道や口の中はパラコートで爛れていなかったんですから」

「それは知っています。でも、だからといって自殺だと断定できるのかしら」

「自殺じゃなかったら、他殺ですか？」武史はせせら笑うようにして言った。「そして犯人はあなたのお兄さん？　そうだとしたら、ますます僕は奴をぶっ殺してやりたい」

久美は黙っていた。武史はグラスに残ったスコッチをぐいとあおり、溜息をつくと「すみません」と言った。「あなたに言っても仕方のないことなのに」

「ともかく」と久美は言った。「あたしにはよくわかりません。第一、どうやって麗子はパラコートを手に入れたの？　あんな怖ろしいものを……。自殺するのなら、もっといろいろな方法があるでしょうに」

「死に方は人それぞれですよ。決まったパターンがあるわけじゃない。麗子はどこかでたまたま、パラコートを手に入れたんでしょう。北海道で農業をしている友人もいるだろうし」

「そんな話は聞いてません」

「推測ですよ、僕の。でも、正直なところ、そんなことは僕にとってどうでもいいんです。麗子は死んだ。それもあなたのお兄さんのせいでね。あなたのお兄さんは彼女にいいような言葉を吐いていたに決まっている。多鶴子さんとかいう奥さんと別れるつもりだ、とかなんとか。さもなければ、彼女はあんなことはしなかったんだ。不潔な中年男め」

違う、兄はそんなことは言っていない、多鶴子しか愛していないと断言したんだ……そう言おうとして久美は無力なものを感じながら、押し黙った。今の武史に何を言っても無駄のような気がした。

ふたりはしばらくの間、じっと黙りこくっていた。武史は三杯目のオンザロックを注文すると、グラスを一息にあおり、何がおかしいのか、突然、くすくす笑い出した。

「多鶴子さんってきれいな人らしいですね。麗子のやつ、やきもち焼いてたんだ。きれいになろうとして、飲み始めたらしいビタミンEのカプセルの一部が胃の中から検出されたということですよ。あんなもん、飲まなくたって、充分きれいな女だったのにね。馬鹿なやつだ」

久美はぐるりと首を回し、武史を見た。「ビタミンE?」

「パラコートとビタミンEを同時に飲んだんだ。きっとね。最後のあがきってやつかな。死に顔を美しくするために?　それとも死んでも好きな男の女房に対抗するために?　いずれにしても、馬鹿な話ですよ」

「あの」と久美は言った。「それは……」

それは多鶴子からもらったビタミンE……山村製薬のスペシャルビタEだったのか、と聞こうとして、久美は言葉をのみこんだ。

麗子と最後に会った時、多鶴子からピルケースに入ったビタミンEをプレゼントされた、という話を聞いたことが思い出された。多鶴子さんたらね、ちっちゃな可愛い銀製のピルケースが三つ入ったセットをくれたのよ。久美ちゃんには黙ってて、と言って……。

何故、麗子は死ぬ直前にビタミンEなどを飲んだのだろう。百歩譲って、武史の自殺説が当たっているとして、何故、自殺する時にそんなものを飲む必要があったのだろう。

武史が、ふん、と鼻を鳴らした。「警察じゃ馬鹿なことを言ってたな。ビタミンEのカプセルの中にパラコートが入ってたんじゃないか、ってね。当たってるかもしれませんよ。麗子の奴のやりそうなことだ」

久美はおそるおそる武史を見た。武史はそれには気づかずに、つけ加えた。

「どうせ、麗子がどこかで買ったビタミン剤なんだ。カプセルの中にパラコートを注入することくらい、簡単だからね。知恵さえあれば、子供にだって出来る」

あのビタミンEは麗子が多鶴子からもらったものだ、ということを武史は知らないらしかった。喉まで出かかったその話をこらえにこらえて、久美は粟立ち始めた腕を手の平でごしごしとこすった。

＊

会計事務所に勤める有田祐二に電話をしようと思った時、久美は何度か迷った。

こんな話を祐二がまともに聞いてくれるという確証はない。しかも祐二は多鶴子の実の弟である。麗子から聞かされた姉弟の過去が本当だったとしたら、祐二の姉に対する愛情や信頼感は、計り知れないものがあることだろう。多鶴子が麗子に手渡したというビタミンEの中にパラコートが入っていたかもしれない、とする仮説は、いくらなんでも、祐二に話すべきことではないかもしれなかった。

だが、かといって久美には他に相談すべき適当な友人がいなかった。勤め先で出来た二、三の友人は、まだつきあいが新しく、とても、私生活のこまごましたことを話してわかってもらえる相手ではなかったし、また、不用意にこうした仮説を洩らすのは危険かもしれなかった。

まして、警察の人間には口が裂けても言えない。武史にも、だ。

ただの推理、ただの仮説よ、と久美は自分に言いきかせた。心に引っ掛かったことだということにすれば、祐二ならわかってくれるかもしれない。

「はい、有田ですが」電話口で事務的な、それでいて温厚な感じのする声が答えた。

「祐二さん？　あたし、久美です」

「久美ちゃん？　こいつは珍しいな。どういう風の吹きまわし？　僕に電話をくれるなんて。どこからかけてるの？」

「うちの会社のそばの公衆電話よ。祐二さん、今、忙しい？」

「いや、それほどでもないよ。さっきまで外出してたんだけどね。今日は別に忙しい仕事も入ってないし」

「あの……もし時間があったら、今夜にでも会えないかしら。ちょっと話したいことがあって。大したことじゃないんだけど、祐二さんに聞いてもらいたいことがあるのよ」

「僕に？　何だろう」

「会ってから話すわ。電話じゃ、ちょっと……」

「OK。いいよ。今日は僕は六時には事務所を出られるんだ。だから六時半ごろ、どう？」

「いいわ。でも、渋谷のハチ公の前で、なんて言わないでね。これでもあたし、随分、東京に詳しくなったんだから」

「知ってるよ」祐二は心底、おかしそうに笑った。「じゃあ、六本木にしよう。デートのつもりで張り切って行くからね」

祐二は六本木にある、行きつけの中華料理店の名前と場所を久美に詳しく教えた。久美はほっとして電話を切った。

六時半きっかりに店に入って行くと、店の一番奥の、比較的静かなコーナーに、祐二が陣取り、笑顔で手を振っているのが見えた。

久美が駆け寄って行くと、彼は眩しそうに目を細め、「久し振りだね、久美ちゃん」と言った。「元気そうだ」

「祐二さんも」

「ところで、この店のメニュー選択は僕に任せてくれるね？　ここはうまいものが沢山あって、多分、久美ちゃんは満足すると思うよ」

「そうね。でも、せっかくだけど、あたし、あんまり今日は食べたくないの。ほんの少しでいいわ」

「どうしたの」祐二は途端に心配そうな顔をした。「具合でも悪いの？」

「そうじゃないけど……ああ、祐二さん、話があるって言ったでしょう？　あたし、ちょっとそのことで、最近、参ってるのよ。誰にも相談できないことだし……」

「そうか」と祐二は男らしく胸を張った。「わかった。じゃあ、ビールと前菜だけを頼んで、食事はきみの話を聞いてからということにしよう。その顔は、話してしまわないと満足に食欲もわかない、って顔だものね」

祐二がビールと前菜を注文し、運ばれて来るまで、ふたりは他愛のない話をして過ごした。祐二は先日、仲間とテニスに行った時、ボールを打った途端、ラケットをコートの外にまで飛ばしてしまった、天才的に運動神経のない女の子の話をして、久美を笑わせた。

「さあ、いいよ。久美ちゃん」ビールをグラスに注ぎ、乾杯のまねごとを終えると、祐二は真面目な顔をして言った。「話してごらん」

店内は暖かかった。客がたくさん入ってはいたが、天井が高いせいで、かえって話声が拡散し、周囲に聞かれる心配もなかった。

久美はひと通りのことを詳しく祐二に語ってきかせた。麗子が多鶴子から、ピルケースに入ったビタミンEをもらっていたこと。武史から聞いた麗子の実体。自分が兄から聞いた、〝愛しているのは多鶴子だけだ〟という言葉。そして、麗子の胃内容物から、パラコートと共にビタミンEのカプセルの一部が検出されたこと。

「あたし、恐ろしくなったの」久美は言った。「兄は多鶴子さんを愛してるわ。どれほど他の女と性関係を持ったとしても、愛してるのは多鶴子さんだけだって、あたし、わかるの。それに多鶴子さんも兄を愛してる。兄に愛されてることを知ってるし、兄との静かな家庭生活そのものを愛してるわ。もしも、もしもよ。多鶴子さんが、随分前から、麗子が兄と関係があるのを知っていて、そのことを恨みに思っていたとしたら……」

「ん？」

「その……多鶴子さんが麗子にビタミンEをあげたことには何かの意味があるんじゃないか……と」

祐二はひどく困惑したように久美を見つめた。何を言われるのか、怖かった。軽蔑され、馬鹿にされるかもしれない。あるいは、気分を害されて、立ち直れなくなるほどの痛烈な皮肉を言われるかもしれない。

だが、祐二はかすかに眉間に皺を寄せながら、「信じられない」と言っただけだった。

「なんだか混乱してきたよ。僕は今回の事件にはまったくの門外漢なものだから、そんなこと、考えてみたこともなかった」

「ごめんなさいね。こんな話を多鶴子さんの弟である祐二さんに話すなんて、どうかしてると思われるかもしれないけど……でも、ひとりで考えていると、ますます怖くなってきて……」

うん、わかるよ、と祐二はなだめるように言った。「正直に言って、姉のことをそんなふうに考えたことがないから、ちょっと驚いたけど……でも、久美ちゃんの気持ちはわかるよ。これまでの経緯を聞けば、誰だって、そういうことを考えてしまうものかもしれないしね」

「考え過ぎなのかもね」久美は苦笑してみせた。「麗子があの晩、多鶴子さんからもらったビタミンEを飲んだのは、偶然だったのかもしれないし、何にもまして、多鶴子さんが麗子にビタミンEをあげたことには何の意味もなかったのかもしれない」

「うん。Aという図式に当てはめてみると、すべて辻褄が合い、同じものをBという図式に当てはめると、またそれなりに辻褄が合ってしまう。そんなものなのかもしれない」

「そうね。ごめんなさい」

「あやまらなくたっていいよ。久美ちゃんが、そういうことを僕に相談してくれて嬉しいんだ。いくら姉と弟といったって、所詮は他人だしね。僕にも姉のわからない部分はたくさんある」

「麗子から聞いたんだけど」と久美は口を濁しながら言った。「祐二さんと多鶴子さんのご両親のことよ。ご両親とは早くから死に別れて、ふたりは親戚に引き取られたって聞いたんだけど……」

祐二はなんでもないことのように「そうなんだ」と言った。「今となっては昔話だけどね。でも、特別に苦労した覚えはないよ。両親が死んだ時、姉は八つで僕は六つになったばかりだった。別々に引き取られたわけでもないし、新しく育ててくれた親戚はいい人たちだった。産みの親と育ての親がいたということだけで、僕たちはさほど普通の子供と違った環境で生きてきたわけじゃないと思ってる」

「もしよかったら、教えて」久美は控え目に聞いた。「ご両親はどうして、亡くなったの」

祐二は、やや自嘲的に笑ってみせた。「昔の日活映画みたいなストーリーだよ。新潟の地元のヤクザもんに刺し殺されたんだ。おやじは新潟で高利貸しをしててね。その筋の連中とのつきあいがあったんだ。今で言えば、サラ金てとこかな。持ちつ持たれつの関係が続いているうちはよかったんだけど、そのうち内部のゴタゴタに巻き込まれてさ。興奮しやすい連中と飲んでいた時に、突然、喧嘩になってね。おふくろ共々、やられたんだ。ヤクザな親だったよ。そのせいか、産みの親に関してはあまり楽しい思い出はないな」

そう、と久美は言った。「大変だったのね」

祐二は微笑した。「変わってることには違いないけど、大変ってほどでもないさ。でも、どうしてそんなことを聞くの？」

「多鶴子さん、そんな過去を持ってたんだとしたら、やっぱり兄との結婚生活を死んでも守ろうとするだろうな、って思っただけ」

「かもしれないね」祐二はうなずいた。ウェイターがやって来て、ふたりに向かって新たな注文を聞いた。祐二は黙ったままウェイターを追い返し、正面から久美を見つめた。

「怖いね」

「え？」

「僕までなんだか怖くなってきたよ」

「お姉さんのこと？」

「そう」

「どうして？　どうしてそう思うの？」

「はっきりしないよ。でも、怖い。姉がビタミンEの信奉者であることは僕も知っている。昔からいろいろ揃えて飲んでいたし……。久美ちゃんは姉からもらわなかったの？」

「ええ。麗子の話によると、今度のあたしの誕生日に麗子にあげたのと同じピルケースのセットにビタミンEを入れて、プレゼントするつもりだったらしいけど」

「男だからかな。僕はそのビタミンEってやつが、どんな形をしているのか、よく知らないんだ」

「あたし、今、同じものを持って来てるの。昨日、薬局で買ったのよ。祐二さんに見てもらおうと思って」

久美は、急いで持っていたショルダーバッグの中をかきまわし、山村製薬の『スペシャルビタE』のプラスチック小瓶を取り出した。

すでに蓋（ふた）は開けてある。何度も黄金色をした卵型のカプセルを取り出し、眺めてみたからだ。

「ふうん」と祐二は小瓶の中を覗き込み、中から一錠だけ取り出して、指でつまんで爪を立てた。「こんなにフワフワしてるものだったのか。柔らかくて壊れそうだ」

「ええ。カプセルというよりも、コーティングがしてあると言ったほうが正確ね。時々、中身を取り出して、直接、顔に塗る人もいるくらいだもの。肌にいいから、って」

「じゃあ、中身はどろっとした液体なんだね」

「そうよ。あたし、昨日、針で刺して中身を取り出してみたの。簡単に搾り出せたわ。なんだかいやな匂いがしたけど」

祐二は瓶のラベルを読み上げた。「天然型ビタミンE。一カプセル中、酢酸d-a-トコフェロール300mg含有。一日一回、一カプセルを食後に服用……か」

「普通のビタミンEは一カプセル中、100mgしか入ってないの。これはその三倍だわ。説明書を読むと、病的にビタミン欠乏症の人や、更年期障害の症状が強い人のために製造されている特別のものなんですって。ねえ、祐二さん」久美は声をひそめながら言った。「例えば、針のついたもの……小さな注射器か何かで、このカプセルを刺し、中身を吸い取ってから、別の液体を流しこむとしたら……」

祐二は深刻な顔をして、じっと久美を見つめた。「しかし、注射器でカプセルを刺せば、小さな穴が開くよ。パラコートを中に詰めたとしても、その穴から漏れてくるじゃないか」

「ええ。でも、あたし、考えてみたの。例えばよ。例えば、瞬間強力接着剤みたいなものを使って、その穴を塞げば、漏れ出すことはなくなるんじゃないかしら」

「瞬間接着剤?」

「そう。あれは凄い威力があるでしょ。ほんの一滴どころか、針の先ほどのわずかの量でも指につくととれなくなるもの。外科手術にも似たようなものが利用されてるくらいだし」

祐二はぞっとした顔をしながら、カプセルを睨んだ。「出来るな」と彼は低い声で言った。「出来ないことではない」

「それからね、祐二さん、あたし、パラコートの致死量を調べたの。致死量は小さな盃一杯弱なんですって」

「盃一杯?」祐二は聞き返した。「このカプセルひとつじゃ、到底、それだけの量にはならないよ。300mgは盃一杯どころか、盃半分にもならない」

「でも、もしも、麗子がカプセルを一度に三つ飲んだら? 三つ飲んだら、900mgよ。致死量とほぼ同じになるわ」

「三つも一度に? 一日一回、一カプセルって表示されてるのに、何故、そんなことをするんだい? それにもし、そうだったとしても、そうするためには、麗子さんにあげたカプセルのすべてにパラコートを注入しなければならないだろう。でも、警察が麗子さんの部屋を調べた結果、何も見つけ出せなかったんだよ。どうやって何粒かのカプセルの中から、パラコートの入った三つのカプセルだけを麗子さんに飲ませるんだい」

「考えたんだけど」久美は乾き始めた唇を舐めた。「多鶴子さんは、三個一組になるようにカプセルをまとめて、それを麗子に渡したのかもしれない」

祐二はぶるっと震えた。「じゃあ、姉は……。姉はこいつを彼女にあげる時、全部まとめてピルケースの中に入れたのではない、とでも?」

久美はゆっくりとうなずいた。「祐二さん、よく考えて。ピルケースっていうのは、たいていは小さな小さなケースなのよ。大きい錠剤だったら、五粒入れれば一杯になっちゃうくらい。麗子はね、多鶴子さんからもらったのは、そのピルケースのセットだ、って言ってたわ。セットよ。わかる? ピルケースを三つ、箱か何かに入れて、リボンでもかけてプレゼントしたんだわ。つまり、そのひとつひとつに、カプセルを三つずつ、合計九つ入れたとしたら、どうなる? パラコート入りのカプセル三つは、ケースのひとつにまとめておくの」

「え? どういうこと? 話がややこしくてよくわかんないよ」

久美はじれったくなり、吐息をもらしながら身を乗り出した。「もっとわかりやすく言うわ。ピルケースは三個あった。Aというケース、Bというケース、そしてCというケース。犯人が、たとえばAというケースにだけ、パラコート入りのカプセルを三つ入れたとするわね。残るB、Cには普通のビタミンEを三つずつ入れておく。もしも麗子がBのケースを開けてカプセルを飲みほしたら、何もおこるはずがない。翌日、今度はAのケースだったとしてもいいわ。飲んだ麗子は死亡する。その逆でもいいし、最初に開けたのがAのケースだったとしてもいいわ。いずれにしても、Aのケースを開けてパラコート入りのカプセルを三つ飲んでしまいさえすれば、残るケースからは何も怪しい点は見つけられなくなるでしょ」

しかし、と祐二は顔にチック症のような引きつれを作りながら、浅い呼吸を繰り返した。

「さっきも言ったけど、こいつは一日一回、一カプセル、って書いてあるんだよ。一カプセル中のビタミンE量が、ただでさえ多いやつなんだろう？　それなのに、それを一度に三つも飲むなんて……そんな馬鹿なまねは誰だってしないんじゃないだろうか」

「多鶴子さんがこれを麗子に渡した時は」久美は全身に鳥肌が立ってくるのを覚えながら言った。「説明書を渡さなかったはずだわ。多鶴子さんは麗子にこう言えばよかったのよ。一日一回、三カプセル飲むのよ、って」

「待ってくれ、久美ちゃん」祐二は喘ぐようにして言った。「そんな……そんなことがあるんだろうか。そんなことまでして姉は……」

久美は周囲を窺いながら、震える手を祐二の腕に載せた。「ねえ、あたし、どうかしてるのかしら。こんなことまで考えてしまって……どうかしてるのかしら」

「わからない。どうすればいいんだろう。ショックだよ。久美ちゃんの説明には説得力がありすぎる」

「ひとつ祐二さんに聞いておきたいの」久美は意を決して言った。

「何だい」

「兄の共同経営者であった向井さんって人が自動販売機でドリンク剤を買った時のことなんだけど」

祐二はピクリと身体を動かした。テーブルの上で、気が抜けてしまったビールのグラスが音をたてた。

「その時、向井さんは……」

「実は、あの日、僕は……」彼は気の毒なほど狼狽した様子で小鼻をふくらませ、久美を遮った。「向井さんが販売機にドリンク剤を買いに行った時……」

「どうしたの?」

「僕は……僕は……」

祐二は怪談咄の佳境に入った語り手のように、音をたてずに首を回し、瞬きひとつせずに久美を見た。

「僕は……姉がひと足先に販売機の前に走って行ったのを見ている」

叫び声をあげてしまいそうだった。久美は冷たくなった手で、思わず祐二の腕を握りしめた。

「多鶴子さん、何をしに行ったの」

祐二はゆっくりと頭を横に振り、声にならない声で「わからない」と言った。「今まで誰にもこの話をしたことがなかった。誰かに言うのが怖かったんだ」

＊

その夜、二軒目に入ったカウンターバーを出たのは十二時を回ったころだった。多鶴子についてあらゆる角度から検討してみたものの、時がたつにつれて、ふたりの口は重くなっていた。こんなことを推理し合っていても、何の解決策にもならない、と久美は疲れた気持ちで思った。

「送るよ」

店を出ると、祐二が言った。久美は歩みを止め、彼をふり仰いだ。

「あたし、あそこには戻りたくない。怖いの。なんだか、とっても怖いの」

「わかるけど……僕だって怖いよ。でも、久美ちゃん。まだそうと決まったわけじゃないんだ。どうすればいいのか、その方法すらわかっていない。それとも、今すぐ警察に行く？」

祐二が本気で言っているのではないことはすぐにわかった。まさか、と彼女は首を振った。「警察に行ってこんなことを喋ったら、多鶴子さん、すぐに刑事に連れて行かれるわ。もしかすると何もしていないのかもしれないのに。そんなこと、出来ない」

祐二はそっと久美の肩を抱き寄せ、歩き出した。「どうしたらいいんだろう。僕にもわからない。でも、僕たちは何か警察でも気づかないことを知ってしまったんだ。知ってしまったことを忘れるのは難しい」

「ごめんなさい。あたしひとりの胸の中にしまっておけばよかったんだわ」

「そんなわけにはいかないよ。言ってくれてよかった。僕は知りたかったんだ。あの向井さんがパラコートを飲んで死んだ時以来、僕の中で姉に対する猜疑心がいつも渦まいていたんだよ。忘れようと努力したけど、でも、結局、忘れられなかったほどだ」

肩に当てられた手にわずかに力がこもった。ふたりは、乾いた十月の夜風に吹かれながら、そのままあてどなく歩き続け、やがて走ってきた空車タクシーを止めて乗り込んだ。

車内ではふたりとも黙りこくっていた。久美は窓外を流れる闇とネオンの明かりを眺めながら、ずっと多鶴子のことを考えていた。もし、考えていた通りだったとしたら……もし、あのカプセルにパラコートを入れたのが彼女だったとしたら、そして、向井信吾という人の飲むドリンク剤の中にパラコートを入れたのも彼女だったとしたら、その理由はいったい何だったんだろう。そうまでして、相手を殺したいと願わせたものは、何だったんだろう。

嫉妬？　そんな単純な問題ではないような気がした。それに麗子のことはいざ知らず、男である向井信吾に多鶴子が嫉妬をもつはずはない。

あれこれ考えていると、頭が痛くなった。満足に食事もせず、飲んでばかりいたので、少し胃のあたりがざらついて感じられる。久美は目をつぶった。

邦彦の家に近づくと、運転手が「ちぇっ」と舌を鳴らした。「何があったんだろう。お客さん、この先は通行止めになってるみたいですよ」

軽くブレーキが踏まれた。運転手が開けた窓から首を出して、前方の兄の家に続く一方通行の道を眺め回した。「パトカーが来てますね。どうします？　ここで降りますか？」

パトカーと聞いて、不吉なものを感じた。久美は思わず祐二の顔を見た。祐二は黙って彼女の手を握りしめ、そのまま降りるよう、促した。

一方通行の入口のところに、ロープが張られている。近所の人々が固まって、パジャマ姿のまま、ひそひそと立ち話をしていた。

「何があったんです」祐二はそのうちのひとりに声をかけた。「空き巣でもあったんですか」

男もののストライプのパジャマに黄色い毳立ったセーターを着た中年の主婦が、驚いたように祐二を見、さらに久美を見た。「久美ちゃんじゃないの」

普段から顔見知りの主婦だった。買物帰りに一緒に車に乗せてもらったこともある。

「おばさん」と久美は一歩、前に進み出た。「何があったの?」

「いやだよ、あたしは……」その主婦は、顔をしかめながら、近くにいた夫の背中の後ろに隠れた。「とても、あたしの口からは……」

夫のほうが、愛想笑いでもするかのように久美に向かって、唇を横に拡げた。

「どうしたんです」久美は詰め寄った。「うちで何かあったんですか」

「気をしっかり持つんですよ」男は言った。「お宅の奥さんが……つまり、その、あんたのお兄さんの奥さんが……首を吊ったらしい」

途端に久美と祐二は走り出していた。何台ものパトカーが屋根の上の赤い光を点滅させている。ひんやりとした晩秋の空気の中に、パトカーの凶暴な感じのする排気ガスの匂いが混じった。

警官が数人、うろうろと動き回っている。その間を駆け抜けながら、久美は家のほうを見た。皓々と明かりが灯された兄の家の玄関に、ひとつのシルエットが立った。

「お兄ちゃん！」久美は全速力で走り寄った。「お兄ちゃん！」

兄は気がふれたかのように、両手をだらりと下げ、宙を見据えたまま、身動きひとつしなかった。

＊

またしても時が流れた。時間はすべての苦悩を、不安を和らげ、同時に絶望を静かな諦めへと変えていったようだった。

不可解な麗子の死は、結局、事故でも他殺でもない、他ならぬ三角関係に悩んだ麗子の自殺であった、と断定された。

あとでわかったことだが、警察では邦彦をマークしており、捜査の上で他殺の疑いを濃厚にもっていたようだった。だが、それも、武史の証言と、麗子が実家の母親にもらした一言により、一掃された。麗子の内面の苦悩を語る武史あての手紙、そして麗子が母親に電話して「もう死んでしまいたい」と言った言葉が最後の決め手になったのである。

それに麗子の函館の親戚のひとりに、農業を営む人間がおり、この男は、最近、麗子が帰郷してから、気のせいか、保管してあったパラコート除草剤が目減りしていたようだ、と証言した。長い間、周囲を悩ませていた問題は、こうして解決された。

多鶴子は、膨大な量の遺書を書き残していた。その中には、麗子と夫との関係に気づいたのは麗子が死んでからであり、そのために深く傷つき、悩み、疲れ果てたのだ、と素直に記されてあった。夫である邦彦を恨むような文章は何ひとつなかった。

邦彦は死んでしまうのではないか、と思われるほどに痩せ衰え、生きる気力もなくして、しばらく入院する羽目になった。やがて退院してくると、彼は多鶴子と暮らした家を売り払い、自分は都心のマンションに居を移した。時が彼をかろうじて救ったようだった。今、彼は再び、かの向井信吾と設立した会社に出向き、仕事に没頭することで悲しみを忘れようと努力している。

祐二のショックも邦彦に負けず劣らずであったが、絶望の縁に共に立って、必死で力づけた久美の愛情に打たれたのか、邦彦よりも早く元気を取り戻した。久美は祐二にとって、なくてはならない存在になった。

ふたりはやがて真剣な恋におち、どちらからともなく結婚を口にするようになった。多鶴子が死んでから一年半後。喪が明けたかと思われる、明るい春の日の午後になって、ふたりは婚約の報告をしに、邦彦を訪ねた。邦彦は少なくとも表向きは、ふたりの結婚に賛成し、祝福してくれた。

疎遠になるであろう兄のことを思うと、久美は心が痛んだ。かつて愛した妻の弟と結ばれた妹とは、様々な思い出があればこそ、あまり会いたくないと兄は考えるはずであった。

だが、それも致し方のないことだった。久美は自分の人生を選んだ。

結婚式はふたりだけで、ハワイに行き、ひっそりと取りおこなった。ふたりは幸福だった。あの忌まわしい晩に語り合った多鶴子への疑惑の話は、二度と話題にのぼることはなかった。

忘れていたわけでは決してない。だが、久美は忘れようと努力していた。多鶴子は自ら死んでしまった。そしてすべては最早、闇の中なのだ。

ハネムーンを終えて東京に戻り、新居にした都内の小さなマンションで、新婚生活が始まった。邦彦は一度も訪ねて来なかったし、電話もかけてこなかった。

結婚して二ヵ月後の或る晩、久美は兄に向けて手紙を書いた。いつでも遊びに来てください、私はいつまでもお兄ちゃんの妹なんですから……と。

その手紙を書き終えてから祐二と共にベッドに入った。結婚以来、毎晩、おこなわれる儀式を終えると、祐二は「愛してる」と言った。きみだけだよ。

久美は幸福な眠りにおちた。暖かい波間をたゆたうような、静かで優しい眠りに。

久美がいつものように、軽い寝息をたて始めると、祐二はそっと彼女のために枕にしていた自分の腕をはずし、彼女の反応を見た。久美はぐっすりと寝入っていた。

祐二はおもむろにベッドから出て、寝室のドアを音をたてずに閉め、キッチンに行って作業にとりかかった。山村製薬のビタミンEのカプセルに、薬局で買ったカエルの解剖用の小さな注射器を刺し、中身を丁寧に抜く。抜き去った中身と共に空のカプセルを水で洗い流す。きちんとティッシュで水滴を吸い取った後、パラコート原液を注射器にとり、注入する。そして、最後に瞬間接着剤で穴を補塡して……。

同じ作業を三つのカプセルに施してから、彼は満足そうにそれをピルケースの中に収めた。昨日、久美のために探して買った高価なピルケースで、銀製の蓋の上には、ロココ調の飾り模様があしらわれており、その模様のてっぺんには大粒の黒真珠が載っている。

彼は心の中で、その時がきたら久美に言うべきセリフを復唱してみた。

『久美。いいかい？　僕たちはあの晩、あんな馬鹿なことを話し合ったことを忘れなければならない。姉は潔白だったんだ。姉へのせめてもの償いに、僕はあの晩、きみから聞いたのと似たようなものを買ってきた。ほら、これだよ。きれいだろう。中に山村製薬のスペシャルビタEが三粒入っている。いっきにこれを飲んでおくれ。僕たちの儀式だ。いくらか飲む量が多すぎるかもしれないが、一度くらいなら大丈夫だよ。きみがこれを飲んでから、ふたりで姉にあやまろう。そしておしまいにするんだ。過去は終わった。僕たちの人生が始まったんだ』

祐二はひそかに微笑み、そのピルケースをリボンつきの小箱に収めると、いつも仕事で持ち歩いているアタッシェケースの底に隠し入れた。

注射器とパラコート原液には、用がなかった。明日、どこかへ捨ててくるつもりで、それらをビニール袋に入れ、さらに油紙でぐるぐる巻きにした。捨てる時は、砕いて粉々にしなければならない。

キッチンから出られるようになっているベランダのドアをそっと開け、外に出る。どこからか、懐かしい金木犀の香りが匂った。

彼は夜空を見上げ、祈りの姿勢をとった。

『姉さん。あなたが僕に相談して、麗子にやったことはすべてうまくいきました。まさかあなたが自殺してしまうとは夢にも思わなかったけど、今ではあなたの純粋な気持ちは理解できます。僕たちは本当に一心同体で生きてきました。あなたと邦彦さんとの静かで幸せな暮らしを邪魔してくる人間は、すべて消そう、と誓い合った日のことを覚えていますか。僕はあの誓いは守ります。姉さんのことをいやらしい目で見て、毎日、姉さんの家で飲んだくれていた向井信吾……そして、義兄さんを奪おうとした、あの品のない女、麗子……。残るは久美です。姉さんが死んだ今、姉さんの名誉を傷つける人間はあいつだけですからね。姉さんがうまく成功させた向井信吾の件についても疑惑を抱いている。生かしておくわけにはいきません。大丈夫。僕は安全です。そのうち、ほとんど頭の空っぽな若い女とでも浮気をし、あいつをさんざん悩ませてから実行します。自殺したことに見せますから、安心していてください』

しばらくの間、夜空を見つめ、祐二はおもむろに部屋の中に戻った。トイレに起き出したらしい久美の気配があった。

「どうしたの？　何をしてたの？」

「喉が乾いたんだ。水を飲んだところだよ」

そう、久美は微笑し、彼の手をとって寝室のベッドへ誘った。

「おやすみ」彼はピンク色の羽根枕に頭を埋めた新妻に軽くキスをし、とろけそうな甘い声で「愛してるよ」と言った。

そして彼は心の中でつけ加えた。
『多鶴子姉さん』

それぞれの顚末

モスクワ空港は薄暗く、冷え冷えとしていて陰気だった。

アエロフロートのパリ発東京行き。トランジットのため、空港内で待機中の乗客たちは、ただ一軒だけ開いている免税店をうろうろし、何も買わずに出て来ると、再び、ベンチに腰を下ろした。

一部の旅慣れているらしい人々は、中二階にある、スナックとは名ばかりの薄暗いカウンターに陣取り、音楽もラジオ放送も何もないところでビールを飲んでいたが、その中に日本人の姿は一人として見られなかった。

日本人たちは、まるでそうと決められてでもいるかのように、さりげなく一かたまりになって出発を待ち始めた。ここがモスクワというところなのか、と目をきょろきょろさせている海外旅行初体験者を除けば、大半の人々が一刻も早く、この陰気な収容所のような空港から出たい、と思っているようだった。

時折、流れる出発アナウンスは、ひどく聞き取りにくくて、英語なのかロシア語なのか、それすらも判別しがたかった。空港内には時計がひとつしかなく、しかもあまり人目につかない場所にあったため、彼らは一様に自分のはめている腕時計を睨みながら、モスクワ時間を計算した。それがわからないと、出発までいったいどのくらい待てばいいのか、見当もつかなかった。

やがて、時間が来て、ボディチェックカウンターの檻のような扉が開けられた。誰もがほっとした表情で列を作った。

ナチの女警備員のような顔をした中年のロシア人女性ふたりが、カウンターに立ち、にこりともせずに乗客たちの手荷物を調べ始めた。

金属製品を身につけていたらしいアメリカ人の男が、ブザーの音の共に、まるで犯罪者のように引きずり出された。男は英語で紳士的に「何も持ってない」と繰り返したが、職員たちは無言のまま、彼の身体を念入りに調べまわした。

結局、ブザーが鳴った原因が、背広の内ポケットに差したパーカーのボールペンとわかると、彼女たちは憮然としたおももちで男を〝釈放〟した。男は肩をすくめ、苦笑いし、首を横に振りながら、その場を離れた。

日本人の若いカップルが、その後に続いた。ふたりはいささか緊張した表情で、その関門を通過したが、ブザーは鳴り出さなかった。

「まったくいやな感じだな」

　エックス線検査を終えた手荷物を受け取ると、島田貴夫（たかお）は憮然としたおももちで言った。

「だからモスクワ経由ってのはいやなんだ。ここに来るたびに、処刑されるような気がしてくる」

　隣にいた塚本彩子（あやこ）は微笑した。「でも、パリ東京を行き来するんだったら、モスクワ経由が一番よ。アンカレッジ経由だともっと時間がかかるもの。それにアエロフロートは安全性が高いのに料金は安いときてる」

「アンカレッジはいいよ。あそこは店がいろいろあって、飽きないし、第一、明るくて気持ちがいい」

「あたしが選んだ飛行機、気にいらなかったみたいね」

　貴夫はとんでもない、と言うように歪んだ笑顔を見せた。

「そんなつもりで言ったんじゃないよ。飛行機が気にいらないんじゃなくて、ここの空港が気にいらないだけさ」

　次々に乗客たちがボディチェックカウンターを通過してくる。彩子はそれきり喋るのをやめて、ぼんやりと乗客たちの動きを眺めた。

ひとりの幼い女の子を連れた日本人の女が目に入った。親子はすでにカウンターを通過していたが、出発ゲートのほうには行かずに、彩子の近くに立っていた。

女は白のコットンパンツをはき、上には、あまり上等とは言えない灰色の丸首セーターを着ている。汚れたような感じがする長い髪の毛には、かろうじて過去にパーマをかけた形跡が認められたが、手入れが悪いのか、ただのざんばら髪にしか見えなかった。

パリのドゴール空港を出た時から、この日本人の女は彩子の記憶に残っていた。というのも、連れていた三歳くらいの女の子がわめいたり、泣いたりしているのに、ちっとも注意せず、ひとり何かを考えこみ、そわそわしていたからだ。

幼い子供を連れた旅行に疲れたのか、あるいは何か心配ごとでもあるのか……それにしても女の落ち着かなげな、そわそわした動作は少し奇異に映った。

女の子はひどくやかましい子だった。さっきからひとりで何かをわめきながら、あちこちを走り回り、転んでもただでは起きない、という感じで、床に落ちた糸屑をつまみあげたりしている。母親のほうはしばらくの間、心ここにあらず、という感じで子供の動きを見ていたが、やがて、つと顎を引くと、つかつかと子供のほうに近寄り、その耳元で何かを囁いた。

長い時間が過ぎた。子供はきょとんとした顔をしていたが、やがてこっくりとうなずくと、一目散にカウンターのほうへ走り出した。

ロシア人の職員たちは、赤ん坊に毛が生えた程度の子供にはさしたる注意は払わなかった。職員たちが注目しているのは、乗客の手荷物の中身であり、乗客自身の挙動だった。母親のほうは、苛々（いらいら）したような、不安げな顔をして、ガラス張りのカウンターの向こう側にある通路を覗き見ている。

女の子はころころと転がる子犬のように、そのままカウンターを出入りし始めた。居合わせた白人の老夫人が、子供に笑いかけた。だが、子供のほうは笑いかけた婦人をじっと奇妙な目で見上げただけで、表情ひとつ変えなかった。

その時、ブザーがけたたましく鳴った。一目でアラブ人とわかる背の高い痩せた若い男の手荷物がひっかかった。

全員が首を伸ばしてその男の手荷物を注目した。黒い何の変哲もないビニール製のカバンである。職員たちが、険しい顔をして男を立ち止まらせたのと、さきほどの女の子がちょろちょろと外へ飛び出して行ったのとは、ほとんど同時だった。

アラブ人の手荷物に興味を持った人々は、子供が外へ飛び出して行ったことに気づいた様子はなかった。彩子は「ねえ、ちょっと」と貴夫をつついた。「あの子、外へ出ちゃったわ。大丈夫かしら」

貴夫も子供を注目した。「何をしよう、っていうんだろう。これからモスクワの街に出て行って、スパイ活動でもする気なのかな」

「冗談を言ってる場合じゃないわよ。お母さんに知らせたほうがいいんじゃない?」

「でも、あの子のお母さんは、ちゃんと知ってるみたいだよ」

貴夫に言われて彩子がそっと振り向くと、母親は柱の影から、じっと子供の行動を見つめていた。彩子と目が合うと、母親は驚いたように柱の裏に身を隠した。

子供はサスペンダーのついた赤いスカートをひるがえしながら、通路を小走りに走った。別の便に搭乗する乗客たちの一団がそのあたりを通過し始めた。子供の姿は一団の陰に隠れて一瞬、見えなくなった。

だが一団の列が途切れた時、再び子供の姿が見分けられた。子供は自分の足につまずいて転びかけた。その時である。一人の男が、どこからともなく走り寄って来て、子供を支えた。白いシャツを着て、汚れたジーンズを穿いた若い日本人の男だった。

男は唇を動かして何か子供に囁いた。そして、持っていた紙袋から白いウサギのぬいぐるみを慌ただしく取り出し、子供に手渡した。

三歳の女の子の身体には、ぴったり合うサイズのぬいぐるみだった。新品かどうかはわからなかった。注意して見ると、少し汚れているような感じもした。

子供はそれを受け取り、ほんの一時、奇妙な顔をしたが、やがてウサギを抱き締め、匂いを嗅ぎ、嬉しそうに笑った。男は子供にキスをした。そして悲しそうに目を伏せた。子供はウサギに気を取られている。やがて男は「早く向こうに行け」とでも言うように、子供の尻を軽くぽんぽんと叩いた。それを合図に子供は再び、もと来た場所を走り出し、あっという間にカウンターの中に戻って来た。

時間にして、わずか二十秒ほどの間の出来事だった。アラブ人の身体検査に余念がない職員たちは、ぬいぐるみを抱いて入って来た東洋人の子供を完全に無視した。

子供はそのまま真っ直ぐ、柱の陰にいる母親のところまで走った。母親はすぐにぬいぐるみを受け取り、それを持っていた大きなショルダーバッグの中にしまいこんだ。素早い動作だった。

子供はウサギを欲しがってわめき、顔を歪めて泣き出した。母親は何も言わずに、険しい顔をしたまま子供を抱き上げると、早足で搭乗ゲートのほうへ歩いて行ってしまった。

貴夫が不審げな声を出した。「今の、見た?」

見たわ、と彩子は言った。「何か変よ。あの親子」

ふたりはぞっとする思いで、顔を見合わせた。

彩子たちから数メートルしか離れていないところには、同じ飛行機で東京に帰る中年の日本人カップルが立っていた。でっぷりと水太りした派手な装いの女と、女とは対照的に痩せた男のカップルである。

彼らもまた、子供が外に出て、挙動不審なアジア人からウサギのぬいぐるみを受け取り、その母親に手渡した一部始終を目撃した。太った女と痩せた男は互いに顔を見合わせ、女は眉間に皺を寄せて恐ろしそうに身体をすくめた。

謎のウサギのぬいぐるみは、アエロフロートのパリ発東京行きに搭乗する二組のカップルを悪夢に陥れることになった。

＊

アエロフロート機は、経由地であるモスクワでトランジットをすませてしまうと、全席が自由席となる。

彩子と貴夫は、母子の坐ろうとする席を確認し、なるべくその近くに席を取ろうとした。母親のバッグに入っているウサギのぬいぐるみが、爆弾であろうが、ハイジャックのための拳銃であろうが、いずれにしても、女の挙動を確認する必要があったからだ。

母子は後部キャビンのトイレに近いところに席をとった。ふたりはすかさず、その反対側のシートに坐った。三席あるシートのうち、残る一席には誰も坐らなかったため、母子の動きはよく見えた。

女は例のぬいぐるみを入れたバッグを大事そうに胸に抱え、子供がシートベルトで遊び始めても黙ったまま、窓から外を見ていた。

彩子は言った。「やっぱり、スチュワーデスに報告したほうがいいんじゃないかしら。今ならまだ間に合うもの」

しっ、と貴夫が注意した。「声が高いよ。もっと静かに喋らないと」

「でも、どうしたらいいの。あれ、きっと爆弾か何かが入ってるのよ」

「しかし、あれの中身が爆弾だと決まったわけじゃないしな。もし違っていたら、問題になる」

「そんなこと言ったって……ねえ、あの人、何者なのかしら。きっとテロリストなのよ。自分の命と引き換えにこの機体を爆破するつもりなんだわ」

「子供も一緒に？　そんな残酷なことをするかよ。ここで爆弾が炸裂したら、あの子も死ぬんだぜ」

「実の子供じゃないのかもしれない。きっとあの子にぬいぐるみを渡した男は仲間なのよ。今に犯行声明が全世界を駆け巡るんだわ。そしてそのころには、あたしたちドカンと……」

しーっ、とまた貴夫が唇に人さし指を当てた。「声が大きいってば。馬鹿」

ひそひそとこうした会話を交わしているうちに、機体は滑走路をすべり始めた。ソ連人スチュワーデスが、面倒くさそうに緊急避難用の出口やライフジャケットの着脱方法などゼスチュアで示している。

彩子はこわごわ、例の母子を盗み見た。女のほうは、じっと堅くなってシートに身を沈めている。子供はわけのわからない言葉を吐きながら、シートポケットの中をまさぐって、ひとりではしゃいでいた。

女の横顔は極度の緊張と疲労とで、青ざめているように見えた。口紅を塗っていないいつやのない唇が、時折、半開きになり、かすかに震えた。

ああ、冗談じゃない、と彩子は思った。最近、起こったばかりの大韓航空機爆破事件や、世界中いたるところで多数の死者を出している国際テロ活動の話が急に現実味を帯びてきた。ついこの間まで、自宅の炬燵に入り、厚焼きせんべいをかじりながら眺めていたテロ事件のニュース。爆弾騒ぎ。飛行機の墜落。それらがすべて、これから自分の身に起こるかもしれないなんて、どうして想像できただろうか。

これまでそうした事件はすべて、世界のあちら側の出来事にしかすぎなかった。飛行機が爆破されても、百人を超える死傷者が出る爆弾事件があっても、彩子の部屋にはさんさんと太陽が当たり、ベランダでは真っ白に洗い上がったシーツが風を受けてなびいていたのだ。

こんなことなら、旅行になど来るんじゃなかった、と彼女は後悔した。どうせ、貴夫も乗り気ではなかったのだ。それを無理矢理、腰を上げさせ、スケジュールや宿泊ホテルの予約、チケットの購入に至るまですべてをこなし、後は身ひとつで来てくればいいのよ、などと偉そうに言ったのが仇となったような気がした。

そもそも、この旅行は、貴夫との仲を修復させる目的で実行に移した、いわくつきの旅行だった。貴夫と知り合って三年。婚約にこぎつけそうでいて、なかなか、貴夫はその段取りをつけようとはしていない。それどころか、忙しい忙しいと口癖のように言い、最近ではすっかりデートもままならなくなってしまった。そこで海外旅行という手段を選んだのは、あながち間違ってはいないつもりだった。おかげで、大分、関係を元に戻すことができたというのに。

スチュワーデスが自分の席についた。シートベルト着用のランプと禁煙のランプがついている。機体はスピードを上げて滑走し、ほとんど何の衝撃もなく、突然、宙に浮いた。しばらくすると禁煙のランプが消えた。機内はざわざわし始め、あちこちで煙草に火をつけるライターの音がした。

手の平にかいていた汗をそっとスカートで拭うと、彩子はまた母子を見た。女はじっと目をつぶっていた。ぬいぐるみが入っているはずのバッグは、子供と共にしっかりと抱えられている。

「どうする?」彩子は隣の席で同じように緊張している貴夫に囁いた。「このままでいる?」

「わからない」貴夫の声は少し震えていた。「何もおこらなきゃいいが」

「これから十時間よ。十時間もこのままでいるなんて、耐えられないわ。ねえ。あなた、英語ができるでしょ。スチュワーデスにこっそり報告したら?」

「もし違ったらどうするんだよ。確証はないんだぜ。あの子にウサギを渡した男は女の亭主か恋人だったのかもしれない」

「じゃあ、なんで、彼女に挨拶もなしに帰っちゃうの? それにどうしてあの男だけが、モスクワにいたのよ。まるで待ってたみたいに」

「昔の恋人がモスクワに住んでいて、女がそこを通りかかったものだから、やって来たのかもしれない。事情があって、女とは話ができない状態にあったのかも……」

「それにしては様子がおかしかったわ。覚悟の別れみたいな感じで……あなただって、そう感じたでしょう」

「わかんないよ、僕には」貴夫は不安のせいなのか、あるいは彩子のお喋りにうんざりしたのか、苛立たしげに息を吐いた。「無事に着いたら、お慰みってところだ」

「そんな悠長なことを言わないでよ。あたしたち、死ぬかもしれないっていうのに」

「よく考えてみろよ。もし、僕たちが騒ぎたてて、大騒ぎのあげく、あのウサギはただのぬいぐるみだってことがわかったら、あの女、相当、頭に来るはずだよ。下手をしたら名誉毀損で訴えてくるかもしれない」

あんた、弁護士なんでしょ？　と言いたくなるのを彩子はやっとの思いで我慢した。弁護士だったら、たとえ訴えられたって、なんとか出来るでしょうに。

所詮、父親の弁護士事務所を受け継ぐことになってるんだから、あんたも気楽よね……内心、悪態をつきながら彼女は溜息をついた。そりゃあ、早くから司法試験に合格したという実績は認めるけど、挫折経験がないものだから、いざという時に、てんで当てにならない。弱気というか、子供っぽいというか、世の中が平穏な時は偉そうに構えてるけど、ひとたび周囲がざわざわしてくると、途端に尻尾を巻いて責任回避したがる。結局、他人が尻拭いしなければならなくなるってわけよ。自分の命がかかっているっていう時でも、この有様なんだから、先が思いやられる。もっとも、無事に東京に着いたらの話だけど。

彩子はそれ以上、貴夫を頼りにするのを止め、ひとりの世界に引き籠(こも)った。

パリに滞在していた十日間というもの、貴夫は時々、物思いに耽(ふけ)っていたりして、思ったよりも会話ははずまなかったが、関係は悪くなかった。夜は毎晩のように身体を求められたし、耳元で愛してるよ、と言われたのも一度や二度ではなかった。

愛している男にそう言われたのが嬉しかったのではない。彩子は意地でも貴夫に〝愛してる〟と言わせたかった。かつて恋が始まったばかりのころに言われたセリフが、時と共に失われていくのは我慢ならなかった。それに、〝愛してる〟と言わせたら、こちらのものだった。今はなんとしても、貴夫に結婚してもらわなくては困るのだ。

彩子の生理はもう二週間も遅れていた。ちゃんと生理日を手帳につけておく習慣がないから確かめたわけではないが、ひょっとすると二十日近く遅れているのかもしれなかった。旅行を計画した時にはまさかと思っていたが、いざ妊娠の徴候が出てくると、のんびり構えてはいられなかった。貴夫には黙っていたが、彩子の妊娠はこれで三度目。前の男との間で二回も中絶をしている。相手は売れないミュージシャンで、たとえ結婚しても食べていけなかったからそれでも良かったが、今度はそうはいかない。

あと少しで三十になる。いつまでもこんなふうにけじめのない関係を続けていくのは不安だった。計算高い？　いいじゃないの。何の才能も取柄もない、ただのＯＬのあたしが、そこらのきらびやかな雑誌に載るようなキャリアウーマンを目指したところで、無駄なことはわかりきっている。万が一、うまくいったとしたって、いずれは一人暮らしのマンションで、休日の夜、寂しさに涙を流しながらマルチーズ犬の頭を撫でているしかなくなるんだから。

もしも旅行中に生理が始まったら、ちょっとがっかりしていただろう、と彼女は思った。妊娠を告げられた時の男の抜目のない心の動きは、これまでの経験から百も承知だったが、とにもかくにも、男を動揺させるだけの効果は期待できるはずだった。貴夫とて例外ではない。本音のところでは世間常識とやらに弱い、普通の気の弱い男なのだ。つきあっている女から妊娠を告白されたら、いくら貴夫でも真剣に結婚を考えざるをえなくなるに決まっていた。

今のところ、貴夫の両親には受けがよく、ことに母親とは大の仲良しでもあった。母親は良家のお嬢さんがそのまま結婚して弁護士の妻におさまった感じのする世間知らずの女で、彩子も同類だと信じてくれているらしい。

今、この飛行機に積まれてあるサムソナイトには、その母親へのおみやげに買ったエルメスのスカーフとルイ・ヴィトンのハンドバッグが入っている。多少の出費はこの際、致し方なかった。これであの母親は、満面の笑みを浮かべて将来の嫁に満足の意を表するに違いないのだ。

東京に帰ったら、早速、貴夫をどこかのコーヒーショップにでも誘い、妊娠したらしいと告げるつもりだった。ドラマチックな幕開け。フランス旅行から帰って、成田空港のコーヒーショップで妊娠を告げ、同時に婚約の手筈を整えるなんて……それは彩子が夢に描いていた通りの人生の幕開けになるはずだった。

なのに……と彩子は両手で身体を包みこんだ。こんな時にテロリストもろともあの世に行くことになったら、これまでの努力は元も子もないではないか。

死にたくない……と彼女は思った。まだあたしは人生の本当の楽しみや快楽を何も知らずにいるというのに。それにお腹には子供までいるというのに。

彼女はそっと貴夫の手を取った。貴夫はしばらくの間、されるままになっていたが、やがて目立たないようにその手を振りほどいた。邪険に取り払ったとしか思えない動作だったが、彩子はそのことに気づかなかった。

貴夫はさっきから、シートの肘かけを握りしめながら、ドキドキと激しく鼓動する心臓が早く治まってくれないか、と気をもんでいた。

一緒にいる彩子に自分が不安がっていると思われるのは心外だった。いくら飽きがきた女とはいえ、まだ完全に心が離れたわけでもない。そんな彩子に、度胸のなさを見破られるのは、いくらなんでも自尊心が許さなかった。

彩子が言うように、あのウサギのぬいぐるみを持った女が、どこかのテログループの一員かもしれないという思いは、時間がたつうちに濃厚になってきた。本物のテロリストは見たことがなく、それに近いことと言えば、実の兄がかつて破壊的な活動で知られる全共闘のセクトにいた時、火焔瓶とやらを見せてもらったり、首相官邸を襲撃する計画の血なまぐさい話を聞いた程度だったが、そういった連中の胡散臭げな様子は、見破れる自信があった。

女は見たところ、いかにも胡散臭く、年齢不詳の感じがするところが不気味だった。それに幼い子供を爆弾運搬のために使うなど、女テロリストが考えそうな話だった。男が子供を連れているより、女が連れているほうが明らかに自然である。その盲点を利用して、あろうことか、子供に爆弾の入ったぬいぐるみを手渡し、機内に持ちこませるのだから、これは相当、大がかりなテログループの計画に違いない、と思った。

本当にそうだとしたら、やはり彩子が言うように一刻も早く、クルーたちに伝えねばならない。見たところ、スチュワーデスは全員がソ連人だった。うまく英語が伝わるかどうか不安だったが、その点に関してはなんとかなるに違いない。

だが、と彼は彩子に気づかれないようにして呼吸を整え、額に手を当てた。

あの女は子供を連れている。女が機内で爆弾を使えば、当然、自分も子供も死ぬことになる。そんなテロリストがいるだろうか。自爆覚悟で爆薬を積み込む女テロリストはいるかもしれないが、いくらなんでも、いたいけな子供を利用して、あげくに死なせるテログループは存在しないだろう。

ではは目的は何なのか。

黒魔術集団、という言葉が彼の中で唸り声をあげた。黒ミサ、生贄(いけにえ)……。子供を神に捧げるために、飛行機という大空を舞う巨大な鳥の背中に乗せて、生贄にする任務を負った女なのかもしれない。

彼は頭を振った。まさか。そんな馬鹿なことがあってたまるか。生贄にするのなら、飛行機なんか必要ではないはずだ。他人を巻き込んだ生贄など、聞いたためしがない。

突然、彼は新たな推理に突き当たって、震え上がった。

母子心中。あの女は、他人を巻き込んだ母子心中を企てているのかもしれない。ウサギの中に飛行機を一機、落とせるだけの爆薬を詰め、それを黙って友人か、あるいは喧嘩別れでもした元の亭主に運ばせた、というように考えることもできる。あの女の顔は不幸にさいなまれたあげく、頭がイカレて何かに取り憑(つ)かれた、という顔だ。自分たちだけが死んでたまるか、と思ったのかもしれない。どうせなら、嬉しそうにパリなんぞに旅行している恵まれた日本人の馬鹿どもを道連れに死んでやる、と思ったのかもしれない。

それだったら、今、この場で騒ぎたてたりしたら、かえって危ない目にあう。事前に爆発物が発見されそうになったら、女はさっさと未練もなく、通路の真中に爆弾をぶん投げるつもりでいるのかもしれない。きっとそうだ。

どうすりゃいいんだ、と彼は痙攣を繰り返すまぶたを閉じた。

しかし、よりによって、何故、俺はこんな飛行機に乗ってしまったんだろう。何故、旅行などしたくもない相手と、行きたくもないパリなんぞに行くことを承知してしまったんだろう。彼は後悔した。

きっぱりと彩子の計画を打ち切らせて、多忙を理由に彼女を遠ざけ、おとなしく初美さんと井の頭公園を散歩して、鯉に餌でもやってれば、こんなことにはならなかったんだ。

初美というのは、半年ほど前に知り合った、途方もなく育ちのいい可愛い女だった。父親の大学時代の友人で、やはり弁護士をしている風間という男がしょっちゅう、自宅に遊びに来ていたものだが、或る時、ひょっこり、その男が連れて来たのが初美だった。風間には三人の子供がおり、初美はその末娘だった。

今は二十六歳。お嬢さん大学で知られる私立女子大を卒業してから、外資系の商社で働いている。

貴夫は初美を一目見てから、惚れてしまった。初美は頭はいいが、それをひけらかすところがまったくなく、育ちがいいためか、おっとりしていて、何やらお伽(とぎ)の国から飛び出して来た〝少女アリス〟というおもむきがあった。

初めてデートしたのは、井の頭公園だった。初美は鯉にパンくずを投げてやり、嬉しそうに笑った。鯉に餌をやったり、動物園でオオカミやクマを見ているのが、何より好きな女だった。

あまり可愛いので、彼は初美を木陰に誘い、優しくキスしてやった。それが初めてのキスではないことは、してみてすぐにわかったが、たとえ千度目のキスだったとしたって、初美の初々しさは変わらないような感じがした。

愛してる、と彼は囁いた。君とはまだ知り合って間もないというのに、僕は愛してしまったようだ、と。

初美は何も答えなかった。答えずともよかった。貴夫はこの女を手に入れよう、と決心した。手に入れて、終生、自分の女にする。そうした意地を触発させてくれる女は、貴重だった。

そうだよ、と彼はうんざりする思いで隣にいる彩子のことを考えた。こいつなら、そうはいかない。どうやら結婚してほしがってるみたいだが、何を企んでいるのか、まだ尻尾は出してこない。初美のように征服する喜びを抱かせてくれるわけじゃないし、所詮、ただの小皺（こじわ）が出来かかった計算高い女だというのに、何が自信を持たせるのか、結構、強気だ。可愛げなどあったためしがない。

これを最後の旅行にするというつもりで、彩子の計画を受けてしまったのは、大きな手違いだった、と彼は暗澹（あんたん）たる気持ちで思った。ほんのちょっとした同情心と感傷と情。それさえなければ、こんなことにはならなかったというのに。

いくらなんでも、丸三年間、深く関わった女を捨てるというのは、貴夫にとっておろそかにはできない問題だった。世間には、平然と女を捨てて、それでも恨まれずにやっていけるタイプの男がいるらしいが、その図々しさを貴夫は心から羨ましいと思った。

だいたい、彩子だって初めのころは相当、いい女だったよ、と彼は懐かしく思い出した。きびきびしていて、それなりに俺をたててくれたし、結構、話題も豊富で楽しめた。そりゃあ、最初っから、男をくわえ込むタイプだとは思っていたが、それはそれで彼女の魅力になっていたもんだ。

一度はそう思ってつきあった女に飽きるというのは、これで結構、つらいところがある。まして彩子はもう三十。結婚を考えているに違いなく、ここで俺が別れようと言い出そうものなら、自殺するなどと言いかねない。

彼は彩子が、自分の母親と仲がいい、と思い込んでいるのを馬鹿げた妄想だと陰で苦笑していた。おふくろ？　おふくろはあれで大した玉なんだよ。いざこざを避けるためならなんだってやる。彩子と仲がいいように見せておいて、結局、俺が彩子と別れる時になったら、うまい口車で逆に彩子を説得してくれるに違いないんだ。

それなのに、エルメスだかヴィトンだかの馬鹿高いみやげ物なんか買ってさ……貴夫はまた溜息をついた。愚かな女だよ、おまえは。

貴夫は東京に帰ったら、真っ直ぐ初美に会いに行くつもりだった。初美には、今回の旅行は仕事だと言ってある。彼女はそれを信じ、彼が帰国する日には会社を休んで待っている、と言っていた。成田でうまいこと彩子をまき、ひとりで帰らせて、俺は真っ直ぐ初美に会いに行く。そして、彼女と肩を組みながら、公園を散歩する。シャンゼリゼで初美のために買った超高級品のチョコレートも、ちゃんと用意してある。初美はあの、初々しい笑顔を見せて、素直に喜んでくれるだろう。あたし、チョコレートって大好きなの……いいセリフだよ、まったく。俺はいま、そんな可愛いセリフに飢えてるんだ。

なに。親父もそれを喜んでるんだ。親父にとっちゃ、俺の女房になる女が弁護士の娘であって、困ることはひとつもない。むしろ、大歓迎だろう。この間も言っていた。風間君のお嬢さんなら、わが家に迎えてもちっとも恥ずかしくないな、と。

順調にいってたんだ。何もかも。彩子との別れ話だけが面倒だが、それもなんとかなるだろう。いざとなったら、親父やおふくろの力を借りるまでだ。

そして俺は初美にプロポーズし、結婚する。俺の将来は決まってる。親父を継いで、島田法律事務所の輝かしい看板を生涯、この手に収めることができるのだ。

畜生。こんなにうまくいっている時に、俺は彩子と一緒に身体中バラバラになって死んでいくってわけか。くだらない母子心中とやらのせいで。なんてこった。彼は胃のあたりが震え出すのを感じた。

俺はどうすりゃいいんだ。

「ねえ」と彩子が小声で彼に話しかけた。

「あの女、眠ってるのかしら。それとも目を閉じてるだけなのかしら」

貴夫は黙っていた。ねえ、と彩子は言い、彼にしなだれかかってきた。「今、考えてたの、もしも死ぬことになったら、あたしたち、一緒なんだ、って。せめてもの幸せよ。よかったわ。一緒にいて」

「馬鹿」と貴夫は吐き捨てるように言った。おまえさえ、こんな飛行機を予約しなかったら、こういうことにはならなかったんだよ、どうしてくれるんだよ……そう怒鳴りたかったが、かろうじて我慢した。彼は険しい口調で言った。

「俺は死にたくないよ」

彩子は口をぽかんと開けて彼を見ていたが、やがて弾かれたように身体を離し、姿勢を整えた。

彼女は負けずに言い返した。

「あたしだってよ」

＊

スチュワーデスたちがエプロンをつけて動き出した。モスクワ時間で十八時三十分。ギャレイに出入りして、何やら肉の匂いが漂うディナーのトレイを各人に手渡している。無愛想このうえない彼女たちは、ひたすら大柄で逞しく、銃でも持たせたら、そのまますぐに革命軍の特殊部隊に配属されそうな雰囲気が感じられた。

「夕食らしいわね」白石君江が言った。ちょうど彩子たちの列の四席手前に坐っている彼女は、水晶のイヤリングをげんなりした顔をして取りはずし、耳たぶをぽりぽりと掻いた。

「どうせ、また不味いチキンか何かでしょ。ただでさえ食欲がないっていうのに」

隣に坐って、必死で『六ヶ国語会話便利帳』をめくっていた夫の元一が顔を上げ、うなずいた。「そうだな」

「あんた、さっきから何やってんのよ」

「調べてんだよ」

「何を」

だからさ、と元一は薄い唇を横に伸ばしてひきつった笑いを浮かべた。「爆弾って単語とか、武器って単語とか……」

公江は鼻先でせせら笑った。「爆弾はＢＯＭＢよ。武器は……忘れたけど、あんた、ＢＯＭＢって単語も知らないの？」

しーっ、と元一は唇に指を当てた。「静かに喋らないと、聞かれるよ。あの女に」

「どうだっていいわよ、もう」公江は泣き出しそうに顔を歪めた。「あんた、そんな単語を調べてどうするつもりなのさ。え？　スチュワーデスに言って聞かせるっての？　やれるもんならやんなさいよ。うまく通じたとしたって、もう爆弾はここに積みこまれてるかもしれないんだよ。遅いんだよ。だから、あたしは空港でわめきちらそう、って言ったのに。あんたが、みっともないからやめろ、だなんて」

スチュワーデスのひとりが、仏頂面をしたまま、ふたりにチキンの載ったトレイを手渡した。雌牛のようにがっちりとした肩幅をもつ女だった。

公江は憮然としたおももちのまま、トレイを受け取り、うんざりしたように中身を覗きこんだ。

「これが最後の晩餐ですってよ。あんた、わかる？　ろくでもないチキンと固くなったパンと、ぱさついた野菜と……。ねえ、あたしワインでも飲むよ。せめてワインでも飲んで忘れたいよ」

　スチュワーデスが赤ワインを配り始め、公江と元一のグラスの中に注ぎ入れた。公江は注がれるとすぐに、一気に飲みほした。

「不味いね、これも。なんだってこう、何もかも不味いんだろ」

「あんたが選んだ飛行機なんだよ」元一が弱々しい声で言った。「いつもこれに乗ってパリに買いつけに行ってるんだろう。不味いのにも慣れてんじゃないか」

「普段は不味くたっていいのよ。サービスが悪かろうが、シートが汚かろうが、そんなことは構わないのよ。これに乗るのが一番、安いんだからさ。でも今日という今日は意味が違うじゃないの。まったく！」

「何もそう、苛々しなくたっていいじゃないか。そのうち。そのうち……」

「そのうち何なのよ。え？　そのうち、あのウサギがドカンといくかもしれないんだよ。ねえ、あんた、ちょっとトイレに行くふりでもして、あの女がどんな様子なんだか見て来てちょうだいよ。ちゃんと食事を食べてたら、少し安心できるかもしれないしさ」

「食べてなかったら？」

「そりゃあ、あんた、怪しいってことだわよ」

公江はほのかな湯気を上げている〝キエフ風チキン〟にフォークを突き刺し、ナイフで大きく切り取って口に運んだ。

「だから言わないこっちゃない。あんたをこの旅行に連れて来る気はなかったのよ。それをあんたが行きたい、行きたい、って言ってさ」

「なんで俺が一緒に来たことが関係あるんだよ」

「あんたって疫病神なのよ」公江はきっぱりと言って、意地悪い目付きで夫を見た。「これまであんたが登場して、物事がうまくいった例しがないんだから」

「たとえば何だよ」

「克子の見合いよ。最初の見合い。あの時だって、あんたがべらべらと克子のボーイフレンドの話なんかしなかったら、縁談もとんとん拍子に運んでたのは間違いないんだから。まったく常識知らずったらありゃしない」

公江は固くなったロールパンにべったりとマーガリンを塗り、むしゃぶりついた。

「克子のことは、もう結婚が決まってるんだから、問題ないじゃないか。しかも相手は金持の御曹司だし。あんただって、喜んでたはずだ」

「おかげさまでね。やっとうまくいったのよ。これも、見合いの席にあんたを呼ばなかったからうまくいったんだ、ってこと、忘れないでよね。ああ、ひどい食事だこと」公江は鼻をすすりあげた。「最後の食事がこれですってよ。まったく、あたしの人生、何だったんだろう」

「まだ爆弾だと決まったわけじゃないんだよ」元一がおどおどと、とりなした。「俺たちの考えすぎなのかもしれないし」

「どっちにしたってね、あたし、悲しいよ。まだまだ生きるつもりだったのにさ。店だってうまくいってる。売り上げ上々。克子の縁談も決まった。なんにも具合の悪いことなんかなかったのに、このざまよ。ああ、あんなもん、見なきゃよかった。見なかったら、なんにも知らずに死んでいけたのに。一発でドカン、よ。苦しいこともなく、あっという間よ。こんなに怯(おび)えることなんかなかったんだ」

「俺たちが死んだら、克子に生命保険金がどっさり入るな」元一はチキンを食べて、結構うまいじゃないか、と思いながら舌つづみを打った。

「そうだけど、それがどうしたの」

「いや別に、克子のために死んでいくのも馬鹿らしいと思ってな。俺はまだ若いし、これからだっていくらでも……」

「あんたは別にしても、あたしは未練たっぷりだわよ」公江は元一の言うことを最後まで聞かずに、ぼんやりと窓の外を見つめながら言った。「ほんとに」と、彼女は目をうるませた。「あたしはまだまだ死にたくなんかないんだから」

公江はまた、川端のことを思い出して、今にも大声をあげて泣き出しそうになった。

川端というのは、公江と前夫との間に出来たひとり娘の克子が見合いした相手の父親だった。川端園芸という大手の園芸店を経営する二代目の社長で、全国に八つもチェーン店を持っている。

克子を見合いさせた席で初めて会った時から、公江は、世の中にこれほど素敵な紳士がいたのか、と思って一目でまいってしまった。それに五年前に妻を癌で亡くしていたせいか、かすかに物ほしげな、女日照りという雰囲気が漂っていて、それがどこかしら強烈なセックスアピールを感じさせるのが、たまらなく良かった。

川端の息子は父親ほどではないにしろ、なかなか垢抜けたいい男で、娘の克子は大いに乗り気になった。だいたい克子は公江と性格が似ており、ブオトコとは話をするのもいやだ、というところがあった。たとえ犯罪者であろうが、いい男となるとすぐに夢中になる。窃盗罪で懲役をくらった男とちょっとした恋愛ざたを起こしたこともあった。結局は実を結ばなかったものの、その時も相当情熱的に男を追い回していたものだ。

克子が相応の美人に生まれつき、母親に似てグラマーな体型だったからか、それとも、川端一族にそれなりの思惑があったのか、見合い相手は克子をちょくちょくデートに誘ったあげく、正式に結婚を申し入れてきた。

克子も公江も狂喜乱舞した。川端一族が金持だからではなく、あれだけのいい男を亭主に持てるという自尊心が刺激されたからだった。

縁談成立の祝いに、と川端家がセッティングした夕食会の席に、公江はわざと夫の元一を同伴せず、克子とふたりきりで出向いた。銀座の『レカン』での豪華な夕食会。着飾った公江と克子は、川端家に笑顔で迎えられた。それはそれは夢のように優雅なひとときだった。

帰りがけに、公江はそっと川端を飲みに誘った。克子は未来の亭主とどこかにドライブに行ったし、川端が公江を誘いたがっているのが目に見えたからだ。

案の定、川端は「行きましょう」と答えた。ふたりはその晩、赤坂のホテルで深夜まで飲み、そのまま部屋をとった。

あの晩のことを思い出すとまだ顔が赤くなるわ、と公江は大きなピルケースから降圧剤の薬を四種類取り出し、水で一気に飲みほしながら思った。

川端は公江に抱きつくと、くんくんと動物のように匂いを嗅ぎ、感動したようにつぶやいたのだ。「ああ、あなたはこんなに太っている。こんなに素晴らしく太っている」

太った女が好きだ、という川端は、公江のぽっちゃりとしたふくよかな身体に魅せられたらしかった。

未来の親戚になる関係の男と、しかも義理の息子の父親である男と、早くもこんな関係になってしまった、という倒錯した気持ちが、公江の恋ごころに拍車をかけた。彼女が夫の元一を追い出し、川端とどうにかして緊密な関係になろう、と決心したのは、その時だった。うまくすれば親子そろって夫婦同士になれるかもしれないのだ。

こんな男……と公江は隣の席で、ぺちゃぺちゃと音をたてて食事をしている元一を横目で見ながら、内心、悪態をついた。

確かに十三年前、赤坂にあるホストクラブまがいの店に勤めていた元一は美青年だった。その店は、オーナーは女性だったが、客の相手をさせるのはすべて男性。しかも、そこらのキンキラキンのホストクラブにいるリーゼントのあんちゃんとは違って、品のある育ちのいいぼんぼんばかり集めていた。

たいがいが大学生のアルバイトで、つまらない冗談ばかり言う坊やだったが、元一だけは違った。本当の肩書はフリーカメラマンとかで、どの程度の仕事をこなせるのか、怪しいものだったが、物静かで雰囲気のある、男として熟れ始めたばかりの匂いをたたえた美男子だった。

毎日のように通いつめて、元一をはべらせ、酒を飲んでいるうちに、公江は二度目の結婚相手にこれほどの美男子を選ぶのも悪くない、と思うようになった。

最初の結婚相手は、娘の克子が五歳の時に心臓麻痺であっけなく死に、公江には多額の生命保険金が残された。その金を元手に、以前からやってみたかった小さなブティックを開店させた。商才があったのか、店は繁盛した。専属のデザイナーまで雇って、食うに困らないばかりか、笑いがとまらないほどの稼ぎを得るようになっていた時のことだった。十歳も年下の元一と結婚し、婿養子に入れて、一生、食べさせていけるだけの自信はたっぷりあったのだ。

元一は公江の申し出を一も二もなく受け入れてくれた。ふたりは簡単に結婚式を挙げ、新婚生活に入った。

蜜月時代は素晴らしいものだった。公江は元一のことが自慢で、しょっちゅう、連れて歩いた。行く先々で、親子みたいに見えるなどという陰口をたたかれていたことは知っている。だが、それでもよかった。公江にとっては、元一は自慢の種だったし、人生の光だった。女がこうやって、金を稼いでいるのだから、どんな男を亭主にしようが、勝手じゃないの、という開き直りもあった。だが、それ以上に彼女は元一に惚れていたのだ。

それがこのざまよ、と彼女はチキンの匂いのするげっぷをしながら、こめかみに指を当てた。

昔はカッコいいと思っていたスリムな身体も、四十三にもなると、貧相の一言。スポーツを何もしないでパチンコやマージャンばかりしてるもんだから、筋肉が退化しちゃって。二の腕なんか、まるで伸びたうどんじゃないの。

彼女は横目で夫を見た。ごらんよ、この顔。ヒモでございい、っていう顔じゃないの。肩書だけは、うちのブティックの副社長ってことになってるけどね。実際には何の仕事もしていない。店の若い女の子たちにも馬鹿にされてさ。この間のバレンタインデーに、チョコレートをたくさんもらったたって喜んでたけど、あれはみんな、女の子たちが、買い込んで義理チョコとして配った後、余ってしまった分を渡しただけなんだよ。あの子たち、ダイエットしてるからね。要するにお余りをあんたに渡しただけなのさ。

まったく変わったものだわ。昔の神秘的な翳(かげ)りなんかありゃしない。それに、頭の毛。めっきり薄くなっちまって、毎朝、育毛剤なんかつけて、ピタピタ叩いてる恰好なんか、みっともなくて、見られたもんじゃない。パリのコンコルド・ラファイエットでも、ベッドに腰かけたままピタピタやってさ、朝食を運んで来た金髪の青年がおったまげてたじゃないの。
川端さんと一緒なら、と彼女は溜息をついた。たとえ、ここで飛行機が爆破されたって、後悔しないでしょうに。あの人と一緒に死ねるなら本望というもんよ。あたしも、いろいろやってきて、いい男と知り合ってきたしね。なかなか上等な人生だった。克子だって結婚が決まったし、店も順調、言うことなしなのよ。そんな中で、川端さんと抱き合いながら、空の塵と散っていく……なんて、結構、粋じゃないの。粋。そうよ。そうだわよ。あたしは最後まで、粋にやりたいのよ。こんな役たたずの鶏ガラ男なんか、捨てちゃって、粋にやれればそれで満足なのよ。

神様……と公江は手を合わせた。無事に成田に着くようにしてください。あたしはこれまでずっと、赤坂の豊川稲荷で初詣をしてきました。一度も他の神様に乗り換えたことはありません。だから、後生ですから、神様、あたしを助けて。無事に帰れたら、元一とは離婚します。我慢して一緒にいるのは罪悪だと思うからです。でも、神様、あたしは残忍な女ではありません。元一がこの先、ちゃんとやっていけるように面倒もみます。なんだったら小さなマンションのひとつくらい、買ってあげてもいいんです。だから、神様……。

手を合わせ、ぶつぶつ唇を動かして何かを祈っている公江を見ながら、元一は、どうせこいつは、自分だけ助かりたいと祈ってるに違いない、と思った。

冗談じゃないぜ。どうせなら、おまえさんだけが死んでくれれば、すべて丸く収まるんだ。

手にしたままの『六ヶ国語会話便利帳』には、どこをどう開いても「この飛行機の乗客の中に、爆弾を積み込んだ女がいます」という例文は載っていなかった。彼は若いころにせめて英語だけでもしっかりマスターしておくべきだった、と悔やんだ。高校だって満足に卒業せず、後は持ち前の色男ぶりを発揮して、女たちの間を渡り歩いて来ただけの人生だった。何かを本気で学ぼうとしたことなど一度もない。

しかし、どうにかしなければならない、と元一は焦っていた。なんとかしてここの乗務員に、あの女の手荷物を調べさせることができないものだろうか。公江が言うほど、あのウサギに爆弾が仕掛けられているとは思えなかったが、それでも、やはり心配だった。不安にかられているよりは、何か行動をおこしたほうがよさそうなものだったが、それがスムーズにいきそうもないことが、さっきから元一を弱気にさせていた。

よりによって、と彼は思った。ソ連の飛行機に乗っている時に、こんな目に遇うとはな。俺もよくよくついていない。せめてＪＡＬあたりの、日本人スチュワーデスがいる航空会社を選んでいれば、俺だって、こんなに縮こまっていることはなかったんだ。

公江のブティックで、今度、新しくフランス製のアクセサリーや小物を置く場所を作ったため、その調査のためにふたりそろってパリまで行った。元一が同行しなければならない理由は何もなかったが、彼は一緒に行くと言って粘った。

というのも、彼は最近の公江の変化に気づいていたからだ。普段から洒落っ気だけは旺盛な女だったが、ここのところ、それに輪をかけてめかしこむようになり、第一、ファッション志向はがらりと変わってしまった。

これまでは、水太りしたぽちゃぽちゃの身体を隠そうとして、ぶかぶかのジョッパーズパンツにLサイズのプルオーバーをだぼっと着込むようなファッションばかりだったのに、最近は違った。細身のニットワンピースだの、特大Dカップの乳房がミルクと共に今にもこぼれてきそうな、襟ぐりが大きく開いたブラウスなど、どう見てもデブを強調して見せているとしか思えないものに変わりつつあった。

もっとも細身のニットワンピースなどを着込むと、三段腹のくびれがくっきりと浮き出て、たこ糸で巻いた豚肉みたいに見えたが、本人はいたって気にしていない様子だった。

この色ばばあ（彼はいつも密かに公江のことをそう呼んでいた）、誰か新しい男をくわえこんだな、と元一は想像していた。嘘をつくのが下手な女だから、たいがいのことは察しがつく。相手はおそらく、あの川端って野郎だろう。気障で、肝っ玉の小さそうな、一見おとなしい男……それが公江をイカレさせるタイプなのだ。

俺に惚れて惚れて、よだれを流しながら求婚してきた時もそうだったもんな、と彼は思い出し、ぞっとする思いで目を閉じた。あなたみたいな人は、あたしのそばにいてくれるだけでいいのよ。なんにもしなくていい。ただ、あたしだけを見て、愛してくれてさえいればいいの。後のことはあたしが全部、やるわ。ええ、そうよ。生きて行くのって面倒なことばかりですものね。お金、銀行、保険、人間関係、駆け引き、老後……あなたはそんな心配をするのは似合わない。でもあたしなら、出来るのよ。あたしはこれまで亭主を亡くしてからずっと、ひとりでここまでやってきたのよ。安心してついて来てちょうだい。あなただって、いつまでも、ホストまがいのことをやって、おばさん相手にお愛想を言い続けていく気はないんでしょう？　ね？　ここは、あたしに任せて。決してあなたには後悔させないから。

後悔させない、とこの色ばばあは言った。元一は薄目を開けて、隣の公江を見た。公江はまだぶつぶつ言いながら、窓に向かって目を閉じている。五十をとうに過ぎたにしては、皺の少ない色白の顔だった。

確かに後悔はしてないよ、と彼は思った。あんたのおかげで、遊んで暮らせる。俺は十代のころからヒモをやって来た。女に喰わせてもらうことには、どこの誰よりも手慣れている。妙なプライドなんか、これっぽっちもないから、ヒモであることの惨めさなど感じたこともない。世間には、ヒモ志願しておいて、途中で周囲の冷たい目に耐えきれず、ばかに真面目(まじめ)に働き出す愚かな男も多いらしいが、俺に言わせれば、連中は相当の阿呆だ。周囲の冷たい視線をはね返して、ヒモに徹するのが男のプライドというものだ。女が稼いでいるのに、何故、男もわざわざ稼ぎに出なくてはならないんだ。ヒモの仕事というのは、ヒモである自分と一緒にいる女を充分、満足させてやること、それ以外にない……そう彼は信じ、その通りにやってきた。

だが、元一には日頃から注意していることがひとつだけあった。ヒモをしていると、相手の女に突然、逃げられ、捨てられて食うに困る可能性が高くなる。男をヒモにするのが好きな女は、概して飽きっぽい。それに惚れっぽいからだ。

突然、「お話があるの」とか何とか言われて、申し訳程度の荷物をつけて追い出された苦い経験が何度かある彼には、その点だけは見逃さない注意力と直感があった。

あらゆるアンテナを張りめぐらせていれば、事故は未然に防げる。一緒にいる女に他の男が出来かかった場合は、ともかく逃がさないように手ぬかりのない応対を心がけねばならない。情にほだされる傾向のある公江の場合は、それでうまくいく自信があった。

それに相手が川端だとすると、ちょろいもんだ、と元一は思っていた。いざとなったら、俺が克子と昔、寝たことがあると喋ってしまう手がある。いくらなんでも、川端園芸の社長さんが、可愛い息子の嫁にそんな女を選ぶわけがなく、まして、母親である公江と薄汚い関係を続けていけるはずもない。見たところ、川端のじいさんは、良識派らしいし、たちまち公江を遠ざけようとするに決まっていた。

元一が公江の娘の克子と寝たのは、十年前。克子がまだ十七の高校生の時だった。公江と正式に結婚して以来、克子は元一に興味を持ち、なついていたが、夏の嵐の晩、公江がブティックの女の子たちと飲みに出かけた時、雷が怖いと言って、彼のベッドにもぐりこんできたのが発端だった。

克子はそれが初めてではないらしく、ひどくませた腰の使い方をして元一を驚かせたものだった。母親似の豊満な身体はまだ、しっかりと締まっており、なかなか味わいがあった。

以来、さすがの元一も公江に見つかることを恐れて、克子を遠ざけていたが、克子のほうは大胆にも何度か露骨に誘ってきた。拒みきれずにその後、二度ほど寝た。後味は悪かった。公江に気を使ったあげくに追い出されでもしたら、何のためにデブの色ばばあと結婚したかわからなくなる。その後はきっぱりと断ることにした。

カエルの子はカエルだよ、と元一は克子の縁談が決まった時、思ったものだった。若いのに、何人の男をくわえこんできたか知れないそのしたたかな顔で、克子は平然と「あたし、いい奥さんになれる自信があるわ」とほざいたものだ。いい奥さん？　あれが？　父親にあたる男をハイレグカットの水着を着て誘いに来る娘が？　俺と寝た後で、何事もなかったように公江とバナナケーキを三個ずつ食べ、周囲の男たちに対する品のない悪口を言うあの女が？　やめてくれ。笑い話だ。

機内は静かだった。乗客の大半は本を読んだり、居眠りをしたりしている。元一は眠ってしまったらしい公江にそっと、毛布をかけてやると、自分も毛布を肩までかけ、公江に煙がかからないよう注意しながら、煙草に火をつけた。

まだドカンといかないな、と元一は妙にぼんやりとした意識の中で思った。死ぬ時はどんな感じがするものなんだろう。気持ちがよくなるという説もあるらしいが、本当なのだろうか。しかし、高度三万フィートから落っこちる時の死に方ってのは、そんなに気持ちのいいものでもあるまい。子供のころ、二階の屋根から落ちたことがあるが、あれの百万倍の衝撃があるんだろう。想像するのも馬鹿らしいくらいだ。

彼はそっと後ろを振り返った。例の日本人の女はよく見えなかった。子供は寝てしまったらしく、毛布がかけられた小さな足がシートからはみ出して見えた。

ちょっと様子を見てくるか。彼がそう思って、煙草を揉み消した時、女が座席から立ち上がり、トイレに向かうのが見えた。手にはしっかりとバッグが抱えられている。

やばい、と彼は思った。そうだ。あの女は爆弾をトイレにセットするつもりなのかもしれない。よくそういう話を聞くではないか。トイレに入ってしまえば、誰の目にも触れずにゆっくり落ち着いてセットすることができる。いや、セットしてすぐにドカンといくようにするつもりなのかも……。そして自分も死ぬつもりなんだ。死ぬことを何とも思っちゃいない女なんだ。

そう考えると突然、いたたまれないほどの恐怖心が湧いてきて、元一は震え上がった。どうしよう、どうすりゃいいんだ。隣のボックスに入るふりをして、様子をうかがってこようか。いや、そんなことをしたって無駄だ。ドカンとやられたら、それこそ木端微塵(こっぱみじん)なのだ。

公江を見ると、すやすやと寝息をたてて眠っている。すぐに叩き起こそうかと思ったが、ためらわれた。公江がわめきたてたら、あたりが騒然となり、かえって危ない目に遇いそうな感じがしたのだ。

元一は意を決してスチュワーデス呼び出しボタンを押した。こうなりゃもう、破れかぶれだ。間違ったっていい。目茶苦茶な英語で、あの女のことを伝えるんだ。そうしないと、俺たちは白も黒も黄色も一緒くたになって、あの世でさめざめと泣く羽目になる。

スチュワーデスはなかなか来なかった。彼は苛々しながら、トイレのほうを盗み見て、落ち着け、落ち着け、と自分に言い聞かせた。まだ、生きている。まだ大丈夫なんだ。

夕食のトレイを運んできた雌牛スチュワーデスが、仏頂面のままやって来た。太い金髪をアップに結い上げ、くぼんだ大きな目に黄色のアイシャドウを塗っている。

「ガール。アイ、アイ、えーと、なんて言うんだ。くそ。ザットガール、トイレット、ジャパニーズガール、ボム、ボム、ユーノウ?」

スチュワーデスは怪訝(けげん)な顔をして首を傾げた。初めてかすかに人間らしい表情が目に現れ、彼女は「トイレット?」と、相当訛(なま)りのある英語で聞き返した。イエース、と元一は声を張り上げた。イエース、ジャパニーズガール、トイレット、ボム……。

ボム(Bomb=爆弾)という単語がうまく通じなかったのか、それとも彼の言っていること自体がまるで理解できなかったのか、スチュワーデスは困ったように彼の横の通路に中腰に坐った。

「トイレット……ザット・トイレット……ジャパニーズガール、ボム」

元一は泣きそうになりながら、必死でトイレのほうを指さし、爆弾が破裂する時のジェスチュアをするつもりで、両手を上に向けて何度も閉じたり開いたりしてみせた。スチュワーデスは気の毒そうに彼をじっと見つめた。まるで頭の弱い男の子を慰めるような目つきだった。

だが、何度か彼がトイレの方を指さし続けていると、やっと彼女はこっくりとうなずき、何かを早口で喋った。元一にはそれが何を意味するのか、まるでわからなかった。

スチュワーデスは、やがてつと立ち上がると、トイレのほうへ急ぎ足で歩いて行った。

元一は祈る思いで首を回し、スチュワーデスがトイレのドアをノックしているのを見つめた。通じたんだ、と彼は嬉しくなった。俺の英語が通じたんだ。

間もなく、トイレの扉が開いた。青ざめた女の顔が見え、それを抱きかかえるようにしてスチュワーデスが何か女に聞いた。女はゆっくりと首を横に振り、バッグを持っていないほうの手を軽く掲げて、なんでもない、というジェスチャーをした。

スチュワーデスはかすかに微笑み、女が自分の座席に戻っていくのを見守った。女は極度の緊張状態にあるらしく、さっき空港で見た時よりも、さらに老けて見えた。

スチュワーデスが戻って来て、元一にまた早口の英語で囁きかけた。何を言っているのか、さっぱりわからなかった。理解できたのは、彼女が最後に言った「サンキュー」という言葉だけだった。

元一はきょとんとした目で彼女を見送った。いったい何が「サンキュー」なのか、わからなかった。彼は再び、斜め後ろを振り返った。日本人の女は、シートにうずくまるようにして、身体を丸め、顔を隠していた。

公江が毛布の中でもぞもぞと動いた。

「何を喋ってたの」

「いや、別に」元一はまた、煙草に火をつけた。「スチュワーデスに知らせたんだが、どうやら何も見つからなかったらしい」

「へえ、あんたの英語、よく通じたのね」

「緊急時には通じるもんだよ」

ふん、と公江は鼻を鳴らし、眉を寄せて目を閉じた。「通じもしない英語の勉強をしてる暇があったら、遺書でも書いておいたら？」

「あんただって、書いておいたらいいんじゃないか。言い残しておきたいことが山ほどあるんだろう」

公江はぷいと巨大な身体を動かし、彼に背を向けると、窓のほうを見ながら、黙ってしまった。

もし、と元一はせめて楽しい想像をしようと心がけた。もしも無事に成田に着いたとしたら、だ。この色ばばあは、家に着くなり、川端に電話するだろう。すぐに会いたいとかなんとか、言うかもしれない。それでふたりは会う。ベッドインする。色ばばあは旅の疲れと興奮とで、いっぺんに血圧がうなぎ上りになる。そしてエクスタシーのでかい叫び声と共に血管が切れて、この世におさらば……ということになったら、どんなに俺は幸福だろう。

ばばあの財産は、俺のものになる。店の権利もだ。そうしたら、俺は久々に女漁りに精を出し、どこかのかわい子ちゃんでもつかまえて、女房にする。仕事のほうは、今、店にいる女どもに任せておけばいい。ばばあの趣味で建てた、あの家の少女趣味的な内装を全部、変えさせ、俺はかわいい女房といちゃいちゃしながら、寝室で……。

そこまで想像した時、機体が急降下した。元一はシートにしがみつき、公江はがばっと、はね起きた。頭の毛が天に向かって引っ張られるような感じがした。あちこちで乗客たちがざわざわと動き出した。

操縦室から男の声でアナウンスが流れ始めた。何を言っているのかわからなかった。前のほうの座席にいる日本人たちが、「乱気流だよ」と大声で喋り合っているのが耳に入った。スチュワーデスは何事もなかったかのように、立ったまま何かをぺちゃくちゃと喋っていた。

気がつくと、公江は元一の腕にしがみついていた。その手は汗ばみ、かすかに震えていた。

こわいんだな、こいつ、と元一は思った。そう思うと、突然、公江と運命を分かち合っているような、そんな感傷めいた気分になり、彼は頭が混乱した。

「こわい」公江が小さな声で言った。元一はうなずき、恐怖と混乱のためにからからに乾いた唇を動かしながら、「俺もだよ」と答えた。ふたりは額を寄せ合うようにしてしばらく震えていた。周囲はまもなく落ち着き、再び、まどろむような静寂に包まれた。ふたりは、そっと身体を離すと、囚われの身になった動物のように、重苦しい眠りにおちていった。

*

気がつくと、スチュワーデスたちが朝食のトレイを配って歩いているのが目に入った。

彩子は一瞬、すべてが悪夢だったのではないかと思った。ブラインドを上げると、気持ちのいい朝日がさんさんと注ぎこんできて、眠りから醒めたばかりの目に眩しい。

どうしてこんなに眠ってしまうことができたのか、どう考えても不思議だった。途中で何度か目を覚まし、耐えられないような不安に襲われたが、それでもまた、むさぼるように寝てしまった。

彩子は貴夫のほうを見た。貴夫も目を覚ましたばかりのようで、ぼんやりと疲れた目で彼女を見返した。

「今、何時?」彩子は聞いた。

「八時だよ。日本時間で」

「じゃあ、あと一時間半くらいで成田ね」

「ああ」

「眠った?」

「少しな」

「あたしも」

彩子は凝った首を動かして、そっと例の女のほうを盗み見た。子供はまだ、ぐっすりと寝入っており、女は相変わらず、不安げな顔をして、真っ直ぐに正面を見つめていた。

ウサギの入ったバッグは女の膝の上にきちんと載っている。まるで夫のお骨を抱えた未亡人みたいだ、と彩子は思った。

あと一時間半。あと一時間半の間に何がおこるだろう。何もおこらないかもしれない。すべては妄想だったのかもしれない。しかし、それにしても、やっぱりあの女の様子はおかしい。彼女は視野の片隅に映っている女の姿を意識しながら考えた。一睡もしていないのだろうか。丸々九時間? ただの一眠りも?

それにあれだけ騒々しかった子供が、機内にいる間中、一度も騒ぎ出さなかったのも考えてみると妙な話だった。

「ねえ」と彩子はスチュワーデスから朝食の載ったトレイを受け取ると、貴夫に囁いた。

「あの子、おかしいと思わない？」

「え？」

「ずっとああやって、寝てるのよ。まさか、睡眠薬を飲まされて……」

貴夫はそっと子供に目をやった。脅えが全身に走ったのが彩子にははっきりわかった。

「おかしいでしょ。眠らせておいて、決行するつもりなんだわ。母ごころってやつよ。もっとも本物の母親じゃないのかもしれないけど、ねえ、そう思わない？」

「わからない」

「わからない、ってあなた、そんなふうに簡単に答えないでよ。あたしだって、いろいろ想像してるんだから」

「わからないものはわからないから、そう言ったんだ。知りたきゃ、本人に聞いてみればいいじゃないか」

「何をぷりぷりしてんの。こんな時に、寝起きが悪いだなんて、あなたも楽天家ね」

彩子はぬるくて不味いコーヒーを飲み、やたら甘い菓子パンを一口食べると、うんざりしてトレイにナフキンをかぶせた。

なんだか胸がむかむかし、軽い頭痛がした。つわりが始まってるんだわ、と彼女は思って、悲しいような喜びに包まれた。無事に成田に着き、貴夫に妊娠の報告をすませることができたら、すぐに今日中に医者に行こう。多分、妊娠三ヵ月目に入ってるんだ。予定日も聞くことになるのだろう。それによって、結婚式の日取りも早める必要がある。

五ヵ月を過ぎるとお腹の大きさが目立つだろうから、それまでに式を挙げたほうがいい。だとすると、だいたい五月か六月ってことになる。六月！　ジューンブライドってわけね。生きていたらの話だけど。

貴夫がコーヒーだけを飲み、せわしない手つきで煙草に火をつけた、彩子は顔をしかめ、手で煙を追い払った。

「吸うの、やめてくれる？」

「え？」

「なんだか気持ちが悪いの」

「おかしなことを言うね」貴夫は口もとに嘲笑を浮かべながら、つけたばかりの煙草を揉み消した。「いつから煙草が嫌いになったんだ」

「さあ、わからないわ」彩子は思わせぶりに言って、身体をくねらせたが、貴夫が何か気づいた様子はなかった。

まったく鈍いんだから、と彼女は思った。あたしが妊娠するなんてことは、想像もつかないらしい。この人、あたしの妊娠を知ったら、どんな顔をするだろう。呆気にとられた顔をして、しどろもどろ何かを言い訳し、すぐには喜ばないに違いない。でもいいの。いずれは喜ぶに決まってるんだから。逃げられなくなった男は、結局、最後にはそうやって自分を罠(わな)に追い込んでいくものなのよ。罠は一度、はまってしまったら、結構、居心地が悪くないものだということを男たちは、無意識のうちに知っているものなんだわ。

生きていたらね、と彩子はまたしても暗い気持ちで思った。なんにしても、死んでしまったら、すべては終わり。赤ん坊もあたしも、あたしと貴夫の将来も。

女は朝食に何も手をつけないまま、窓の外を眺めていた。ごわごわの黒い髪の毛に、一筋の白髪が見えた。彩子は不吉な思いにかられて、すぐに目をそらした。

＊

機内アナウンスがあった。貴夫は耳をそばだてた。

機が定刻通り、東京国際空港に着陸する、という意味の言葉が、ひどく訛りのある英語とフランス語、それに流暢（りゅうちょう）なロシア語で流された。着陸態勢に入ったのか、シートベルト着用のランプが点滅した。貴夫はドキドキする思いで、ベルトをきっちりと締めた。

彼はさっき、女がひとりでトイレに入って行ったことが気になっていた。長い間、出て来ず、やっと出て来た時は、それまでふくらんでいたはずのバッグが、気のせいか、薄くなっていたように見えた。

彼は彩子に耳打ちした後、女の入ったトイレに行ってみた。地雷が埋めてある草原に立ったように、全身を緊張させて狭いトイレの中を静かに見回した。見たところ、異常はなかった。爆発するのではないか、と恐れ、目をつぶって一気に水洗のボタンを押してみたが、別に何事も起こらなかった。

肩すかしを食らったような思いで、彼がトイレを出て来ると、女が意味ありげな目をして彼をちらりと見、すぐに顔を隠した。彼は不安にかられた。もう一度、入念に調べるべきだ、ともうひとりの自分が囁き続けていたのだが、とてもそんな勇気はなかった。

彼は席に戻り、何も見つからなかった、と彩子に伝えた。彩子は満足そうにうなずいた。安心したのかもしれなかったが、もしそうだとしたら、俺はこの女の気がしれない、と彼は思った。何が安心なものか。やはりトイレが危ない。仕掛けたのはトイレだ。そうに決まってる。着陸した途端に火を噴くようセットしたのかもしれないではないか。

機体が徐々に降下し続け、窓の外に、成田周辺の町並みが見えるまでになった。貴夫の脇の下に脂汗が滲み出た。

変だ。どう考えても変だ。あの女を見ろ。歯をくいしばっている。今にも痙攣を起こしそうじゃないか。それに引き換え、子供のほうはすやすや眠っている。彩子の言った通り、子供には睡眠薬を飲ませたのかもしれない。痛みも恐ろしさもショックも何も感じないでいいように、来るべき永遠の眠りに通じるための薬を。

機体が少しかしいだ。建てつけの悪い家が風で揺れるように、あちこちがみしみしと音をたてた。

もう滑走路が見えている。大地が目の前に迫っている。貴夫は目を固く閉じたまま、俺の人生は何もいいことがなかった、と思って泣きたくなった。弁護士になったとして、それが何だ。所詮、あぶくのような人生じゃないか。せっせと勉強して、司法試験に受かるために女遊びもせず、やっと弁護士になれたと思ったら、ろくな遊びもしないうちにお陀仏ときている。第一、初美とも結婚できずに終わるだなんて、これはどう考えても、大した人生ではなかったと言うしかない。

機体はもう滑走路の真上に来ていた。みしみしと不気味に揺れ続ける窓枠を見ながら、彼はどうにもいたたまれなくなって、彩子にしがみついた。

「死ぬ時は一緒だ」彼は我にもあらず、彩子に向かって、そう叫んだ。「一緒だよ、いいな」

「もちろんよ」彩子は涙がにじんだ顔を彼の胸にすり寄せながら、うなずいた。ふたりはひしと抱き合った。

どうにも説明のつかない一瞬がやってきた。機体はものすごい音をたててバウンドし、火を噴くかと思われるほど地面と摩擦を起こしながら、やがて衝撃音と共に滑走路を滑り続けた。

貴夫はじっと彩子を抱きしめながら、祈っていた。ひと思いにやってくれ。いつまでも長引かせないで、ひと思いにドカンとやってくれ。

だが、機体はあっけないほどすぐに静かになった。機内に調子っぱずれのロシア民謡が流れ始めた。あちこちで乗客たちがシートベルトをはずす音がした。

貴夫は信じられない思いで目を開けた。外は眩しい朝の光に満ちていた。誘導のための空港職員が両手に持ったパドルで信号を送っているのが見える。のどかで、同時に生き生きとした空港の風景。

貴夫の中で、世界がゆっくりと緩慢に、再び胎動を始めた。機体は今や、あらゆる危険から解き放たれた、ただの大きな車……遊園地のゴーカートよりも安全な乗物に変わっていた。

貴夫はあたりをきょろきょろした。例の女は、起き出してべそをかいている子供を膝に抱き、あやしていた。子供は両手で涙を拭き、何かわめいた。女がおもむろにバッグの中からウサギのぬいぐるみを取り出し、子供に与えた。子供はぬいぐるみを抱き、またしても泣き出した。よしよし、と言う女の声が聞こえた。思っていたよりも、明るい透明な声だった。女は言った。「いい子ね。もうすぐ、おうちよ」

貴夫は口もとが緩んでくるのを覚えた。何もかもが緩み、暖まり、流れ出していくような、春の小川のように感じられた。

ははは、と彼は笑った。初めはひきつった笑いだったが、やがて本当の笑いに変わっていった。彼は笑い、笑って笑って狂ってしまうと思われるほど、腹を抱えて笑った。

彩子はまだ目に涙の跡を残していたが、やがてうっすらと笑った。馬鹿ね、あたしたち、と彼女は言った。「世界一の大馬鹿者だったわ」

ほんとさ、と貴夫は笑いながら言った。シートベルトを勢いよくはずし、彼は伸びをした。もう、彼の頭の中には、再び始まった人生のことしかなかった。彼は初美に会いに行くために、どうやって彩子をだまくらかすか、と考え始めた。

彼は弱々しい、愚痴っぽい、後悔ばかりしている孤独な囚人から、たちまち若手の、将来を約束された弁護士に変貌した。

「行くよ」彼は胸を張り、彩子に命令するように言った。「早く出よう」

彩子はちょっと彼を睨みつけるようにしたが、やがて言われた通りに立ち上がった。

*

「あなたがたもですか？」

税関チェックのために、行列の後ろに並んでいた貴夫が、素頓狂な声を上げた。彼の前にいた中年の男女が振り返り、怪訝な顔をした。

「いや、これは失礼」貴夫は紳士的に言った。「お話し声が聞こえてきたものですから。実は僕たちも、あのぬいぐるみを目撃しましてね。不安にさいなまれてたんですよ」

「んまあ、そうでしたか」ブラックミンクのロングコートを着て、両手いっぱいに荷物を抱えた女が興奮したように言った。「ほんとに死ぬかと思ったわ。スチュワーデスに言おうとしたんですけど、もし違ってたら、と思うと勇気が出なくて」

「ほんとにそうですよ」貴夫が大声で言った。「僕たちも何度、言おうと思ったか、しれないんです」

嘘ばっかり、と彩子は思ったが、黙っていた。女の横で、まるで忠実な召使のように真っ直ぐに立っていた痩せた男が、口をはさんだ。

「僕なんか、実際にスチュワーデスに頼んでみたんですよ。調べてみてくれってね。でも、ちょっとうまく英語が通じなかったようで……」

「いい加減なことを言うんじゃないの」女が本気とも冗談ともつかない調子でぴしゃりと言った。「この人、単語を並べることすら満足にできないんですよ。それで通じるわけがないわよねえ」

ははは、と貴夫は調子よく笑った。「いずれにしても、大変な旅でしたよ。いやあ、しかし、同じ機内に同じ思いをしてらした方がいようとはねえ。前もって知っていたら、どれだけ心強かったか」

「ほんとですよ。もう、あたし、ずっと祈ってたんですよ。あれは何かを運びこんだとしか思えなかったですものねえ」

「まったくです。モスクワでのあの男、覚えてますか。なんだか陰気な顔をした……」

「ええ、ええ、覚えてますとも、あたしはね、あの時に……」

貴夫は女と夢中になって喋っている。彩子は気分が悪くなるのを感じた。

胸のむかつきはいっそうひどくなっている。気のせいか、下腹のあたりがちくちくしているような気もした。

　ドラマチックに妊娠を告げるべき時に、つわりでゲエゲエ吐き戻さなければいいけど、と彼女は少し心配になった。いきなりつわりの女を見せつけられたりしたら、貴夫でなくても、男は仰天し、うろたえ、あまりぞっとしない一幕になってしまうだろう。

　いや、それよりも、このお腹の痛さ……何なのだろう。

　流産、という言葉が彼女の中に悪魔の言葉のように飛び交った。あれだけの精神的ショックの後だ。ひょっとすると流産しそうになっているのかも……。

「あたくし、白石と申します」女が愛想よく言った。「ここの駐車場にあたくしの車があるんですよ。いえね。あたくし、ブティックをやってるもんですから、店の子たちに昨日の夜、車をここに置いておくように電話しておいたんですの。どうかしら。都内までご一緒しません？　是非、そうしましょうよ。空港でゆっくりお茶でも飲んで怖かったお話をしたいけど、あいにく、急いで戻らないといけないもんですから」

「そいつはありがたい」貴夫は満面に笑みを浮かべた。「実は僕も急ぐんです。乗せていただければ、道中、ゆっくり話ができますしね。な、彩子。君もその方がいいだろ」

　冗談じゃない、と彼女は思った。これからあなたは、ここの喫茶店で荘厳な儀式……恋人から妊娠を告げられて、結婚を承諾する儀式を行わないといけないのよ。それをどうして……。

「どうする？　僕はこれからすぐに都内で人と会わなければならないんだ」貴夫は税関チェックを受けている白石夫妻を横目で見て、小声でつけ加えた。「いい人たちじゃないか。僕たちだって、いろいろ同病相憐れむ、って感じの話がしたいしね」

「人に会う？」彩子は眉をひそめた。「そんな話、聞いてなかったけど」

いやなに、と彼はのけぞるようにして笑みを浮かべた。「今、抱えてる訴訟の話さ。ちょっと面倒なことになってるのがあるんだよ。どうしても、これから片づけておかないといけないんだ」

「困るわ」

「困る？　どうして？」

「だって、だって……あたし……」

下腹の痛みがひどくなった。彼女は顔をしかめ、「ねえ、お願い」と言った。「今日は少し、ふたりきりでお茶でも飲んでから帰りましょうよ。あたし、話があって……」

「何を言ってるんだ」貴夫は険しい顔で遮った。「僕はのんびりしてはいられないんだよ。わかるだろう。君との楽しいバカンスはもう終わったんだ。東京に戻れば、仕事のために頭を切り換えなくちゃならない。ただでさえ、遅れをとってるんだし。本当は海外旅行なんかしてる暇はなかったくらいなんだ」

「お忙しいところをわざわざ悪かったわね」彩子はひきつった笑みを浮かべてみせた。ここは感情的になってはならない、と思うのだが、うまく表情がとりつくろえなかった。貴夫に対してというよりも、冷静に対応できないでいる自分に対して、彼女は腹をたてた。何か重大な決定を相手に下させようとしている時に、感情の乱れを見せてしまうのは、初めから負けを認めたことと同じことになる。彩子は深呼吸をし、胸の中でちりちりと絡み合ってくる糸のほつれを整えようと努力した。

税関チェックを終え、ロビーに出ると、白石夫妻が笑顔でふたりを待っていた。貴夫は十年来の友達にしか見せないような屈託のない笑顔を返して、「お待たせしてすみません」と言った。「ほんとに送っていただいてもよろしいんですか」

ええ、ええ、もちろんですよ、と公江は相好を崩した。「もう、あたし、怖かったことの話がしたくてしたくて。車の中でゆっくりお喋りしましょうよ。さあ、あんた、車をこの前まで持ってきたら? あたしたち、ここで待ってるから」

「よしきた」と元一は駐車場へ向かった。

彩子は、ここで一緒に車に乗ってしまっては、貴夫に話をするどころか、このやたら騒々しい太った女の相手をさせられるような気がして、うんざりした。下腹の痛みが増してくる。少し貧血気味なのか、頭もくらくらした。

「君も乗せていただくだろ」

貴夫の言い方は、「君はひとりで帰ったら?」と言っているように聞こえた。

ドラマチックな妊娠の告白はこの次にすべきだわ、と彩子は少しずつ冷静さを取り戻しながら考えた。今日の夜か、さもなくば明日。充分、休んで体調を整えてからのことにしたほうが利口かもしれない。貴夫が忙しさから少し解放された時、そしてふたりで旅の思い出話がゆっくりできるようになった時、その時こそが決定的瞬間にふさわしい時なのかもしれない。

「悪いけど、あたし……」と彩子は言いかけ、公江に向かって力なく微笑んでみせた。「ちょっと気分が悪くて。いえ、大したことじゃないんですけど、ちょっと緊張しすぎたみたい。今からすぐに車に乗ったら、酔っちゃいそう。だから、少し空港の喫茶店で休んで、何かあったかい物でも飲んでから帰ります」

「大丈夫ですか」公江は儀礼的に気の毒そうな顔をして彩子を見た。「そう言えば、少しお顔の色が悪いみたいね」

ええ、と彩子はうつむいた。「きっと疲れたんだと思います。ですから……」

それがいいよ、と貴夫が場違いなほど明るい声で言った。「休んでおいで。僕は悪いが、急ぐんで先に行くけど」

「後で電話くれる?」

「ああ、そうするよ。夜だな。いや……うん。まあ、夜だったら連絡できると思う。ひとりで大丈夫だね」

「大丈夫よ。ちゃんとリムジンバスに乗って帰るから」

「オーケー。じゃ、そういうことにしよう」

「まあねえ、あれだけ怖い目にあったんですものね。具合だって悪くなるってもんですよねえ」公江が彩子にというよりも、貴夫を見上げながら、粘っこい口調で言った。

ほどなく元一が戻って来て、車まで三人は両手いっぱいの荷物を抱えながら、賑やかに歩き去って行った。玄関口近くに止められた車は、よく磨かれてある白のアウディだった。

じゃあな、と貴夫はガラス越しに見送ろうとしていた彩子のところに戻って来て言った。

「身体のこと、心配だな」

口だけでしょ、と思ったが、彩子は満足そうに微笑んだ。「平気よ。少し休めば治るわ」

「ひょっとして生理じゃないか」

ふふっ、と彼女は笑った。馬鹿ね。そんなこと、あるわけないじゃないの。具合が悪いと訴えると、男というものは大半が、生理か風邪だろう、と言う。それ以外のことを疑ってみた例しがない。

あたしはね、と彼女は心の中で訴えた。妊娠してるんだから。あなたの子よ。間違いなく。だから、あたしたち、結婚するのよ。

「そんなんじゃないわ」彼女は皮肉っぽくつぶやいた。「違うのよ」

「そうか、まあ、いいや。ゆっくり休むんだな。じゃあ、行くよ。またな」

彩子はひとり取り残され、何やらがっかりしたような思いで、スーツケースを引っ張って歩いた。ことの外、気分が悪かった。

トイレに入り、鏡に向かった。青黒い隈が目の回りを被っている。これからひとりで、この重い荷物を引っ張って帰らねばならないことを思うと、情けなくなった。

その時、子連れの女が、その母親らしい女と一緒になってトイレに入って来た。それは爆弾を持った自爆覚悟のテロリストと勘違いしていた、あの日本人の女だった。

女は母親らしい人物に向かって「でもね」と言った。「モスクワで、あの人、来てくれたことは、嬉しかったのよ。来てくれないのかと思ってたから。それにこの子のために、ぬいぐるみをくれたりして……。そんな優しいこと、してくれる人じゃなかったのに」

「よかったじゃないの」母親が言った。「それでいいんだよ。何と言っても実の子なんだから。これであんたも思い残すことないでしょ」

「うん。まあね。でも、いろんなことを考えて、あたし、飛行機の中で眠れなかったし、気分が悪くなったりしちゃった。二度も吐いちゃったの。食事も満足に食べてないし……」

「無理もないよ。長年暮らした男と女が別れるってのはね、つらいことだからね」

「この子だけは元気よ。例によって飛行機に乗ってる間中、眠っててくれて助かったわ。そうでなかったら、あたし、今頃、病気になってたかもしれない」

「いい子だったこと」母親は孫を抱き上げた。「さ、ママがおしっこするから、待っててようね。ママはもう、元気になったんだよ。だから、三人でおばあちゃんのおうちに行こうね。ほら、うさちゃんも一緒だよ」

「うさちゃん」と子供がたどたどしい口調で言い、彩子や貴夫、それに白石夫妻の脳裏にはっきりと刻みこまれている、白いウサギのぬいぐるみを舐めるようにして顔にくっつけた。

彩子は気が遠くなりそうになって、トイレに入り、鍵をかけた。

そこで彼女は、妊娠などしていなかったこと、あれだけ計画していたはずの将来が再び、雲の中にかすんでしまったことを認めた。二十日近く遅れて始まった生理に向かって、彩子は声をたてずに笑った。あんまりくすくす笑ったので、涙が出てきた。涙が出たついでに、彼女は少し本気になって泣いた。

すべては出発点に戻った。彩子は涙を拭き、鼻をかむと、トイレを出た。今、彼女が真先にすべきことは、熱いコーヒーを飲み、くつろいで、再び自分の人生を練り直すことだった。彼女は潤んでくる目をしばたたかせ、自分を笑いとばしながら、ゆっくりとコーヒーショップに向かった。

＊

白いアウディはスピードを上げて、高速道路を疾走していた。運転席の公江はのべつまくなしに喋り続けた。成田を出てから早くも三十分たったというのに、その三十分の間に、貴夫は公江から、モスクワ空港での話をすでに三度も繰り返し聞かされていた。彼はいちいち相槌(あいづち)を打つのに少し疲れて、空返事をしながら、初美のことを考えていた。

彩子がどうしても一緒に帰ると言ってきかなかったら、どうしようと思っていただけに、首尾は上々、というところだった。外は初夏を思わせる上天気だった。骨の髄までしみわたるような疲労感が残っていたが、それすらも貴夫には快感だった。

初美、と彼は思った。死なずに帰ったんだ。俺は君を女房にし、ばりばりやるぜ。

公江の横で気を使いながら煙草を吸っていた元一は、よく喋るばばあだ、と思いながら、黙っていた。彼はさっき空港で会った彩子に興味を持っていた。後ろの席に坐っている男とは、どういう関係なんだろう。夫婦ではないらしい。それにしても、早くも倦怠期に陥った夫婦みたいに見えたのは気の毒だった。きっと、と彼は想像した。きっと、この後ろの席にいる男は、他に女がいるな。これから会いに行くに違いない。そわそわして、浮き足立っているのが見え見えだ。

元一は他人事ながら、おかしくて笑いだしそうになった。この色ばばあも、今夜にでも川端の野郎に電話するに違いないんだ。生きて帰れたとなったら、もう、あの恐怖なんか忘れて、そわそわ浮き浮きしてやがる。

だが、まあ見てなよ、と元一はほくそ笑んだ。俺はあんたにくっついて、うわばみみたいに、財産を使い果たすまで離れないぜ。

公江はひとしきり爆弾と勘違いしていた自分の話をし終えると、幸福感に酔い痴れた。いいお天気。川端はきっと、今頃、電話の前をうろうろしてあたしからの連絡を待っているに違いない。家に帰ってひと眠りしたら、夜にでも会いたい、って言ってやりましょう。パリのおみやげを川端家に届けに、克子と一緒に行くと言えば、うちの古亭主も何も言わないだろうしね。

所詮、あんたとは時間の問題。さっき飛行機の中でマンションくらい買ってやってもいい、なんて思ったけど、とんでもない。公江は聞かれないように、ふんと鼻を鳴らした。そんなお金があったら、ハワイに別荘でも買うわよ。長年、あたしのヒモをやってつつがなく暮らすことができたんだから、ここらで恩返しのつもりで、気持ちよく別れてよ、あんた。

「煙草、くれない?」公江は元一に言った。元一はパッケージを公江に差し出した。公江は一本、抜いて、口にくわえ、自分で火をつけた。

いい気分だった。赤の他人とは言え、後ろにいる男はなかなか感じがいい。話もうまく、面白い。乗せてやってよかった、と彼女は思った。おかげで、元一との退屈なドライブも避けられたというわけだ。

三口目の煙を大きく吸い、吐き出そうとした時、突然、彼女はえも言われぬ吐き気に襲われて前屈みになった。同時に、頭の中に爆発音のようなものが響き渡った。彼女は何がなんだかわからずに、「ああ」と呻いた。目の前が急に暗くなり、手足がしびれて動かなくなった。

「どうした!」元一の声はもはや、遠くでぶんぶん飛び交う蜂の羽音と同じだった。

脳卒中だった。公江は薄れて行く意識の中で、ブレーキを踏まねばならない、と思った。

今、あたしは車の運転をしているんだ。だから……。

だが、彼女がハイヒールをはいたむくんだ足で踏んだのは、ブレーキではなく、アクセルだった。

白のアウディは、三人のそれぞれの顛末を物語るように、センターラインを飛び出し、独楽のようにくるくる旋回した後、前方から猛スピードでやって来た大型トラックと激突した。

白い車体が爆音をたて、トラックと共に一瞬のうちに炎を上げた。付近の木々に止まっていた鳥たちが、一斉に飛び立ち、四方八方に向かって散って行った。後からやって来た車が次々と止まり、ドライバーが飛び出して来た。だが、どの顔もなすすべを知らないという顔だった。

黒煙が舞い上がった。淀みなく澄みわたった青空に向かって、その煙は巨大な黒い柱のように、たなびき続けた。

「下がれ！」と誰かが叫んだ。「また爆発するぞ！」

遠くで、からすの群れがひときわ高く鳴き叫んだ。アウディは三つの人生の物語の最後のとどめをさすように、二度目の大爆発を起こし、めらめらと燃える炎の中に包まれて見えなくなっていった。

チルチルの丘

「あそこ、行こうか」運転席につくなり、陣内が言った。

「あそこ？」

「うん。あそこだよ。チルチルの丘」

早紀子は横を向き、子供のように大きくうなずいた。水銀灯の青白い光が、陣内の顔に蔭を作り、たるみ始めた皮膚や目尻の皺（しわ）を隠している。だから、その横顔は十年前のままだ。

車をゆっくりスタートさせながら、「驚いたな」と彼は言った。「まったく、たまげたよ」

「私だってよ」早紀子は鼻先でせせら笑うように言った。ロマンティックな局面、ドラマティックな局面に遭遇すると、必ずそっけない言い方になる。癖は昔から治っていない。

「あの甲本のおやじさんときみが、知り合いだったなんてな」陣内は溜息をついた。

「俺はまさか、と思ったよ。他人の通夜の席で十年ぶりに会うなんて、夢にも思わなかった。十年ぶり。そうだろ?」

「ええ、そう。十年ぶり」

どこかしら不自然に張りつめた空気が、気詰まりだった。早紀子は世間話でもするように喋り出した。

「お通夜には、ほんとは行かないつもりだったの。甲本さんとは知り合いだとはいっても、それほど親しかったわけじゃないし」

「俺もだ」

「どういう関係だったの?」早紀子はハンドルを握る陣内を見た。陣内は「飲み仲間」と答え、信号が赤になったので、ゆっくりとブレーキを踏んだ。「うちが近所だからね。時々、通ってた一杯飲み屋で知り合ったんだ。賑やかなおやじだったよ。テニスもやるし、ゴルフもうまい。まだ六十になったばっかりだというのにな。死んだしらせを受けた時は、こっちまで暗い気分になった」

「私もよ」

「きみは?　どういう関係だったの?」

「父の知り合い。父を通して何度か会ったの」

ふうん、と陣内は言い、まっすぐ前を向いたまま腕を組んだ。「おやじさん、元気か」

「うん、元気。ゴルフばっかりしてるわ。今、シンガポールに行ってるの。今年の冬は寒いでしょ。寒くなると体調を崩すからって、必ずあったかい国に行くの。それでお通夜に来られなかったのよ」

「今年は寒いもんな」陣内がヒーターに手をかけて、車内の温度を上げた。その手には茶色の革手袋がはめられていた。

「だから手袋、はめっぱなしにしてるの？」早紀子はからかうように言った。「冷え性になったのねえ」

「年だよ。年」彼はひょうきんに笑った。

「なにしろこの春で五十二だ」

「そんなになる？」

「きみは三十七だろ」

「まだ三十六よ。誕生日、忘れたの？」

「覚えてるさ」と陣内は、ちょっと怒ったように言った。

横断歩道を渡る人は誰もいなかった。後続の車は一台もない。このあたりは、夜になると人通りが途絶え、車の通行量も昼間の半分になる。昔とちっとも変わっていない。

信号が青になった。陣内はアクセルを踏んだ。

「今夜は実家に泊まるのか」

「そのつもり。これから八王子まで帰るとなると大変だもの。初めから実家に泊まるつもりで出て来たの」

「うまくやってるか」

「結婚のこと？　ええ。おかげさまで」

「子供は？」

早紀子は大きく息を吸った。「女の子がひとりよ。三つになったばっかり」

陣内は「そうか」と言った。「かわいいだろ」

少し沈黙があった。早紀子は小声で「ええ」と言った。「とっても」

小暗い坂を上がると、左手のほうに看板が見えて来た。小学生が書いたような稚拙な文字で『シロアリ駆除します』とある。『その他、ゴキブリ、ねずみ、ダニ、ノミ、南京虫、なんでも御相談ください』

十年前……いや十五、六年前からこの看板は変わっていなかった。真新しい住宅が建ち並ぶ一角に、ダニだのノミだの、果ては南京虫などという、見ているだけで背中が痒くなってくるような言葉を連ねた看板が立っているのが、昔からなんとも不釣り合いで、いつも目立っていたものだ。陣内の自宅はその看板を左に曲がり、百メートルばかり入ったところの路地の奥にある。

　陣内の自宅と早紀子の自宅は、車で行くと五分ほどの距離だった。早紀子の自宅まで陣内の車で送られるとなると、ここを通る以外、方法はない。

　彼の自宅を横目で見て、その日のデートをしめくくるのは、なんとも皮肉な話だった。見たくなければ見るな、と陣内は昔、言ったことがある。その怒ったような口調が悔しくて、彼女はそこを通過するたびに、「シロアリ」の看板をわざと大きな声で朗読したものだった。シロアリ駆除します。その他、ゴキブリ、ねずみ、ダニ、ノミ……。シロアリ、ゴキブリ、ねずみ、ダニ……。

　一度だけ早紀子は陣内に黙って彼の家を見に行ったことがある。建設会社を経営する社長の家にふさわしく、派手で、瀟洒(しょうしゃ)な二階家だった。二階のベランダに、子供用の小さな青い胸当てつきのジーンズが干してあった。揃いの青い洗濯ばさみにはさまれて。

「このへん、ちっとも変わってないのね」早紀子は言った。そうかもしれないな、と陣内はうなずいた。「相変わらず、新興住宅地で、ちっとも深みが出てこない町さ」

　気のせいか、「シロアリ」の看板を通過する時、車のスピードが上がったような気がした。

「朗読は?」彼が聞いた。「シロアリの朗読はしないのか」

「いやね」早紀子は苦笑した。「変なこと覚えてるのね」

「あれ、聞いてるの、好きだったんだ」

「そうなの?」

「そうさ。可愛かったよ」

「こっちは深刻だったのよ」

ちらりと陣内の視線が彼女の横顔に走った。「知ってる」と彼はつぶやくように言った。

坂はまだ続いている。〝チルチルの丘〟は、坂のてっぺんにある。

〝チルチル〟と命名したのは陣内だった。そこに立つと、満天の星がちかちかと瞬きながら散らばって来るように見えたからだった。星が散る。だから、チルチルの丘……だ。

エンジン音を高鳴らせながら、陣内は丘に通じる未舗装の道路を右に折れた。小さな畑が周囲に点在している。斜面にはすでに霜が降りていて、タイヤが触れるとサクサクという音をたてた。

「まだ農家の土地なの?　ここは」

「今年中には宅地造成が始まるよ。ついに手放さざるを得なくなったんだ」

「売らなければよかったのに」早紀子は窓の外に拡がる黒々とした大地を見つめながら、

目をしばたたいた。「ずっとずっと、あたしがオバアサンになっても、ここがこのまんま、あればいいのに」

「俺もそう思うよ」

ふたりの思い出の場所だから、という陳腐な言葉を期待したのだが、陣内はそれを口にしなかった。

くねくねと曲がる細い道を通って行くと、丘のてっぺんに着いた。てっぺんといっても、土が平らに固められただけの小さな空き地である。陣内はその空き地の真ん中に車を停めると、もう一度、バックさせ、シートに坐ったまま街の夜景が見えるよう、位置を変えた。ハンドブレーキを引く音と共に、エンジン音が消え、あたりは突然、静かになった。かすかに枯れ枝を揺する風の音がする。

煙草、吸うか、と陣内が聞いた。早紀子はうなずき、彼が差し出したパーラメントのパッケージから一本、抜き取ると自分で火をつけた。

「静かだわ」早紀子はつぶやいた。「昔とちっとも変わってない。それに景色も」

パノラマのように眼前に開かれた夜景は、闇に包まれながら、ひっそりと瞬いていた。家々の灯が、ちかちかと揺れて見える。そしてそれは、漆黒の空に輝く星の群と一緒になって、車のフロントガラスの中に小さな宇宙を作り出した。

「何を話せばいいのか、わかんないよ」陣内が言った。「きみの顔をよく見せてくれ」

早紀子は目を伏せたまま、顔を運転席のほうに向けた。陣内は細めた目を輝かせながら、うんうん、とうなずいた。「畜生め。こいつ、全然、老けてないな」

「暗いからそう見えるだけよ」彼女は笑った。「昼間、太陽の下で見たら、考えが変わるわ、きっと」

「俺はどうだ。老けただろう」

「そんなに自慢げに言わなくてもいいじゃない」

あはは、と彼は笑い、煙草を一口、吸った。革手袋が月明かりの中で濡れたように光った。

「手袋、とらないと、焼け焦げがついちゃうわよ」

「いいんだ。こうやって煙草を吸うのが流行ってるんだ」

「そんな流行、知らないわ」

「俺が流行らせた」

ふふふ、と早紀子は笑い、「相変わらずね」と言った。「ねえ、元気だったの?」

「なんとかね」

「仕事、うまくいってる?」

「安定してるよ」

「子供たち、大きくなったでしょうね」

「上の子が二十三、下が十八だ。下の子は大学に行かないと言い張って、調理師養成の学校に行ってる。上は大学を卒業して、去年、就職した」

あの時、ベランダで見た青い胸当てつきジーンズは、下の息子のものだったんだわ、と早紀子は思った。十年の歳月が身にしみた。子供はいらない、と言っていたのに、妊娠がわかってから、考えが変わった。それまで勤めていた旅行代理店を退職し、ごく平凡な主婦として家庭に入った。主婦一本やりの人生なんか、とんでもない、とわめいていたのに、家庭に入ってみるとそんな生活も性に合っているように感じられた。

静かに時が流れ、やがて子供が生まれた。そして今はすっかり、口うるさい母親になりきっている。今日も実家に子供を置いて出て来る時、母がキャンディをひとつふたつ子供に手渡すのを見つけて、「甘いものはだめ」と叱ったばかりだ。

「いい加減ね、私も」早紀子はくすっと笑った。「生き方がころころ変わるわ。あなたとつきあっていたころは、一生、独身でいようと誓って、あなたと別れてからは、男遊びをしてやる、と誓って、ひょんなことから結婚してしまうと、今度は仕事だけはやめない、って誓って……。子供ができてしまうと、あっさり主婦になっちゃって。今、誓ってるのは、絶対に年をとってもくたびれた亭主と一緒にフルムーン旅行なんか行かない、ってことなんだけど……この分じゃ、行くわね、きっと」

「いいさ、それで」陣内は、静かに言った。「何年たっても変わらない人間がいたら、バケモノだ」

ふたりはそこでしばらく黙り、互いに煙草を根元まで吸って、交互に灰皿で揉み消した。灰皿のそばに、ミントガムが転がっている。さっきからかすかに懐かしい匂いがしていたのは、そのガムだったんだ、と早紀子は改めて気づいた。

早紀子が陣内とつきあい始めたのは、大学四年の年からだった。彼は当時、十二指腸潰瘍を患っており、それは早紀子が卒業して就職してからも、なかなか治らなかった。ミントガムは潰瘍のせいで漂ってくる口臭を防ぐために、彼が肌身離さず持ち歩いていたものである。

あのころ、車を運転する陣内の口から、いつもミントの香りが漂っていたことを思い出す。深夜過ぎてから自宅の近くで車を降りる時、あわただしく交わすキスに、ミントの甘酸っぱい香りが残る。彼女はその香りを口いっぱいにためながら、振り向きもせずに自分の家に駆け込む。

自宅の門をくぐりぬけるころ、車を停めたままにしていてくれた彼が、挨拶(あいさつ)のためのクラクションを軽く一回、鳴らす。そして次にエンジンをかける音。タイヤがコンクリートをこするかすかな音。

車の気配が遠ざかり、やがて何も聞こえなくなるまで門の内側に立ち尽くしながら、早紀子はミントの残り香を味わう。どこかで犬が吠える。寝静まった郊外の街の夜更け。

玄関にぱっと電気がつく。母の不機嫌そうな声がする。「早紀子。遅かったじゃないの」

誰とも喋りたくないのに、早紀子はわざと笑顔を作る。上機嫌で帰った若い娘のふりをして「ああ、面白かった」と言いながら、浮かれ調子で玄関に入る。「会社の経理の松坂さんって女の子と、熊井君っていう新入社員と飲んでたの。笑ってばかりいたから、顔の筋肉が突っ張っちゃった」

経理の松坂さんや新入社員の熊井君の名前は、ことあるごとに他の名前にとって変わった。つくべき嘘の物語に窮すると、架空の人物の名前も登場させた。ちょっと数えただけでも、娘に三十人はくだらない飲み友達がいることになるというのに、母も父も何も言わなかった。あの時、もし何か言われていたら、自分は身体ひとつで家を出て、陣内が通って来られるように、安いアパートを借りただろう。早紀子は今でも確信をもってそう思い返す。それが後悔の始まりになるとわかっていても、自分はそうしただろう。陣内は私のすべてだったのだから。

「亭主はどんな人なんだ?」陣内が前を向いたまま聞いた。

「普通のサラリーマンよ。年はわたしよりもひとつ上。そうね。あなたは知らなかったのよね」早紀子は陣内を見た。暗がりの中で、横顔がゆっくりと早紀子のほうに向けられた。

「幸せにやってるみたいだな」

こういう場合、どんなうなずき方をすればいいのか、よくわからなかった。間髪を容れずにうなずくのがいいのだろうか。もったいぶった感じでいるのがいいのだろうか。それとも、あまり深く考えずに、ありのままを答えるのがいいのだろうか。

「幸せよ」早紀子は控え目に、しかし、同時にきっぱりと言った。「とっても」

よかったな、と陣内は言い、透明な感じのする笑顔を作った。ふたりはしばらくの間、意味もなくうなずき合い、やがて、どちらからともなく目をそらした。

「ごめんね」早紀子は視線を落としたまま言った。

「何が?」

「あなたに一言もあやまることが出来なかったわ。あんなことをしておいて。私ったら」

背広が座席のシートを軽くこする音がした。早紀子は鼻をならして笑いながら、早口で言った。「ひどいもんだったわ。とてもあれが自分だとは思えないくらい。どうかしてたのよ。半分、気が狂ってたに違いないわ。おまけにあなたの入院先までお見舞いにも行かなかった。奥さんがいるから、お見舞いに行けなかったんじゃないのよ。意地を張ってたのよ。これで終わりにしよう、って。お見舞いなんかに行ったら、またずるずると続いてしまう、って。だって、私……」

「威勢がよかったもんな、きみは」陣内は話をそらそうとするかのように、喉の奥で、くっ、と小さく笑った。「俺たちの最後は、映画になりそうなくらいドラマチックだったぞ」

「そんなきれいごとなんかじゃなかったわよ」早紀子が溜息をついた。「私はあれから十年、あの夜のことを忘れたためしがなかった。いつも思い出して、後悔して……」

「俺たちの思い出は、あの夜ばかりじゃないぜ。もっと他にもたんまりあった」

「うん、わかってる。でも……」

「俺はどういうわけか、いつも銀座のクラブにきみを連れて行った時のことを思い出すんだよ。俺も子供だったなあ。あんなことをして」

「ああ、あれ?」早紀子は笑った。「私よりも十五も年上のくせして、あなた、相当、子供だったのね」

「今はやっと子供じゃなくなったよ」陣内は溜息と共に言った。「きみと別れてから、大人になった」

早紀子は笑いながら唇を噛んだ。口紅の味がし、わけもなく滲み出しそうになる涙をこらえることができた。

昔、陣内に連れられて、銀座のクラブに行ったことがある。大学を卒業したばかりの早紀子にとって、その種の店は気後れのする場所だった。

美しく着飾った女たちは早紀子と陣内を取り囲み、「まあ、可愛いお嬢さん」と言って、早紀子を褒めた。「まさか陣さんのお嬢さんじゃないでしょうね」

陣内は大声で笑い、「親友の妹だよ」と言った。「社会見学させてやるって約束したもんでね。大学を出たばっかりのお嬢さんでさ。箱入り娘。何も知らないんだ」

ああら、そうだったの、とホステスたちは皆、ほほえましそうな顔をした。「陣さんも大変ねえ。奥さんサービスをするだけでも大変なのに。親友の妹さんのサービスまで引き受けるなんて、陣さんらしいわ」

「まあね」と陣内は言った。「俺はサービス精神が旺盛だから」

自分と陣内とは怪しげな感じがしないのだろうか、と早紀子は悲しく思った。親友の妹と言えば、親友の妹に見えるのだろうか。ならば恋人だと言ったら、みんな、笑い出して、冗談だと思うのだろうか。

陣内は早紀子を自分の前の椅子に坐らせると、アイコという名前のとびきり美人のロングヘアの女をそばに呼び、いきなりその肩を抱いた。「どうだい、サキちゃん。この人、きれいだろう。僕にぞっこんなんだ」

「ああら、聞き捨てならないわ、陣さん」アイコと呼ばれた女は、腰をくねらせて笑い、早紀子に向かって言った。「いくら社会見学といってもねえ、こんなおじさんに教えられたら、ろくなことは覚えないですよ。このおじさんはスケベだから」

早紀子は笑ってみせた。どうして笑えるのか、わからなかった。女はうふふ、と微笑み、陣内の耳にオレンジ色の唇をすり寄せて、何かを囁いた。陣内は嬉しそうにうなずき、早紀子をちらりと見ると、わざとらしく女の太ももをつねった。

尻が埋まるような柔らかいソファーから、早紀子は跳躍するように立ち上がった。居合わせた人々が、一斉に彼女を見た。

早紀子はまた力なく笑った。「なんでもありません」と彼女は言った。

トイレですか、とホステスのひとりが聞いた。早紀子は反射的にうなずいた。誰かが彼女の手を取り、店の出口までついて来て、「あそこよ」と言った。「ここを出て廊下を左に曲がった突き当たり」

早紀子は微笑み続けたまま、ドアの外に出た。そしてそのままエレベーターに乗り、壁に額をぴったりと押しつけて泣いた。

「泣いたのよ」早紀子はその時のことを思い出しながら、陣内に言った。「しくしく泣いたの。エレベーターに乗り合わせた人たちが、みんな見てたわ」

「俺はすぐに探しに行ったんだぜ。気が動転していて、途中で転んだよ」

「子供だったのね、ふたりとも」

「そうさ。ふたりとも子供だったんだ」

しばらく、ふたりは黙りこくった。時の流れが逆流したような感じだった。早紀子は少し、息苦しくなり、軽く咳払いをした。

「話を元に戻さなくちゃ。あの最後の夜のことを話してたんだわ」

「もう、いいんだ」陣内がとりなすように言った。「あれはなるようにしてなったことさ」

「馬鹿だったわ。死のうと思ったのよ」

「ともかく」陣内は静かに言った。「きみがなんともなくて、よかったよ」

早紀子は眉をひそめながら、運転席のほうを見た。「どんな怪我をしたの？　ひどかった？」

「大したことはない。ちょっと手の骨を折っただけだ。すぐに退院した」

「ほんと？」

「ほんとだよ。たかがバイクにぶつかっただけだから」

「怖かった」早紀子はつぶやいた。かすかに両腕に鳥肌が立った。「怖くて怖くて、私、救急車にあなたと一緒に乗れなかった。あなたが死んだんじゃないか、と思ったのよ」

「ばかだな」彼は苦笑した。「あんなもんで人は簡単に死なないもんだ」

早紀子は横を向き、まっすぐに陣内を見つめた。「ごめんなさい」声が震えた。

彼はひっそりと笑った。「もういいんだよ。あれも結構、素敵な思い出だ。きみは自殺するつもりで通りに飛び出し、俺は止めようとしてきみの後を追った。安手のメロドラマみたいだが、それなりに感動的だったよ。ふたりとも若かったんだ。少なくとも今よりはね」

うなずく早紀子の目が滲んだ。あの時、何故、死のうと思ったのか、未だにわからないでいる。あれは一種の狂気だった。自分が死ぬことによってしか、陣内を独り占めできないと確信に追い込んだ狂気。

あの時もこうして、陣内の車の中で話していた。車を日比谷公園の脇に停めて。車内を煙草の煙だらけにして。

何を話していたのかはよく思い出せない。陣内と交わした会話は、どれもこれも壊れた回転木馬そのものだった。どこまで喋っても……話題をどれだけ変えても、喋れば喋るほど、落ち着く先を見失ってしまう。そして堂々めぐりを続けるだけ。言ってはいけない一言、そして同時にもっとも言いたい一言を胸の奥深くに隠しもっていたせいだ。

家庭。妻。子供。あなたはそれらをどうするの。私とこれからどうするの。そう聞きたい気持ちをおさえるのは、もう限界だった。

今夜はおかしいね、早紀子、と陣内は言った。なんだか荒れているみたいだ。

そう? と聞き返し、早紀子は吸っていた煙草を揉み消した。もう終わりなんだわ。だから……。

俺と別れたいのか。声が曇った。まさか、と早紀子は言い、うっすらと笑った。でももう終わりにしなくちゃいけないの。

深夜の二時をまわっていた。早紀子は自分でも驚くほど冷静に助手席のドアを開け、外に出た。日比谷通りは猛スピードで疾走するタクシーやトラックが行き交っていた。早紀子は助走をつけて砂場に飛び込む幅跳びの運動選手のように、車道に向かって走り出した。背後で陣内の怒鳴り声がした。怒鳴り声は低く地を這うようにして早紀子を追って来た。車の急ブレーキの音がした。クラクションがたて続けに鳴り響いた。身体が宙に浮いたような感じがした。痛みはなかった。酒に酔った時のような、しびれた無感覚だけがあった。

誰かが叫び声を上げた。クラクション。耳をつんざくようなクラクションの連続。

気がつくと、早紀子は車道を渡り切り、対面の舗道の上にいた。どこも傷ついてはおらず、足も二本ついており、血も流れていなかった。彼女は硬直した両手をゆっくりと、まるでスローモーションフィルムのように自分の口に当てがった。

周囲がざわついていた。黒い人影がいくつも車道を行き交った。何台もの車のヘッドライトが煌々と周囲の闇を照らし出す。

早紀子は人影が群れをなして集まって行く方向を見た。誰かが「救急車!」と叫んだ。

「おい、早くしろ!」

声が出なかった。早紀子は震える足取りで、車道を横切り、男たちが群がっている場所へ歩みを進めた。

一台の大型バイクが横倒しになり、その脇におろおろして立っている若い男がいた。男はかぶっていたヘルメットを脱ぎ、今にも泣き出しそうな顔で地面を見おろしていた。早紀子は肩で荒い息をしながら、地べたに倒れている黒い塊を見た。

陣内は仰向けになったまま、動かなかった。片腕が背中の後ろのほうに不自然に折れ曲がっている。その腕のあたりから、かすかにどす黒い血が流れ出しているのが見えた。早紀子は叫び出した。叫び出しながら、そばにいた男の腕をつかんだ。何かを大声でわめいた。男たちが彼女をなだめた。

そのうち救急車が到着し、それに続いてパトカーが来た。わめきながら早紀子は警官に抱きかかえられた。あとのことは覚えていない。気がつくと、救急車は陣内を乗せてどこかへ走り去り、早紀子は若い坊やのような顔をした警官に名前と住所を尋ねられていた。

この女の人が突然、車道に飛び出して来たんですよ、とタクシーの運転手が言った。その後を追っかけて、あの男が飛び出して来たんだ。そこへバイクが突っ込んだってわけですよ。危ねえったらありゃしないよ。

それから約一時間、早紀子は現場に残り、やっと帰ることを許された時は、あまりに気が動転していて、どうすれば陣内が運びこまれた病院がわかるのか、警官に質問するのも忘れていた。

翌日、早紀子は陣内の入院先を確かめなかった。翌々日も同じだった。三日が過ぎ、五日が過ぎた。彼女は「シロアリ」の看板を曲がって、陣内の自宅を覗きに行った。ベランダにはたくさんの洗濯物が干してあった。庭先で声がした。陣内の妻らしき女が、誰かと電話で話していた。

そうなのよ。おかげさまでね。内臓や頭のほうは異常なしだったの。ほっとしたわ。まあ仕方ないわね。しばらく入院よ。でも外科手術にかけては、日本は世界一だからね。ええ、そう。今後のことはまた考えるわ。命が助かって何よりよ。

早紀子はその場に立ち尽くし、胸いっぱい空気を吸い込んだ。苦い味のする涙が浮かび、喉の奥に流れていった。

別れられる。早紀子は残酷にもそう思った。これできっぱりと別れられる。目の前にぶら下がっていた薄紙が、突然、引き剝がされ、思いもかけない鮮明な画像が現れたような感じがした。歩きながら早紀子はひとしきり泣き、そして陣内に別れを告げた。二十七の春の出来事だった。

……早紀子は車の中で大きく息を吸い、「会えてよかったわ」と言った。「あなたにあやまることができたもの」

「会えてよかった」陣内も繰り返した。「一生、会えないと思ってた」

「そろそろ、行かないと」早紀子はちらりと車内のデジタル時計を見た。「孫を押しつけられて、うちの母、きっとグロッキーだわ」

「そうだな。もう帰ったほうがいいな」

目の前に拡がるパノラマは、冬の凍てついた闇の中で、いっそう輝きを増していた。風が出てきたのか、明かりが右に左に揺れて見える。

早紀子は思いついて陣内を振り向いた。「ね、最後に握手して」

「握手?」陣内は微笑んだ。「キスのほうがいいな」

「だめ」早紀子は笑った。「これでも私、貞淑な妻なのよ」

陣内はしばらく考えている様子だったが、やがて、わかった、と言った。「握手しよう」差し出された右手は手袋がはまったままだった。早紀子は「いやあね」と言った。「無粋だわ。握手の時ぐらい、手袋は脱ぐものよ」

陣内はちょっと目をそらし、唇を舐めた。

「俺、冷え症だって言っただろ」

「冗談言わないの」早紀子は強引に彼の手袋に指をかけた。軽い抵抗が感じられた。何故、抵抗するのかわからなかった。彼女は力まかせに手袋を剝ぎ取った。

陣内の懐かしい手。厚みのある、ごつごつとした手。いくらか皺が増え、弾力を失ったその手を拡げた途端、早紀子は息をのんだ。

彼の右手の小指と薬指は、第二関節から先がなかった。

「だから言っただろ」彼は更衣室を覗かれた少年のように、かすかに顔を赤らめた。「見せたくなかったんだよ、こんなもの」

「事故のせいなの?」早紀子は自分でも聞き取れないほど声をひそめて聞いた。さもないと、大声を出してしまいそうだった。

「連れて行かれた病院がヤブだったんだ」

「ただの骨折だった、って、あなた、言ったじゃないの」

「骨折には違いないよ。ただちょっとばかり……複雑だっただけさ」

「複雑？」早紀子はうるんでくる目で彼を見ながら、指のない右手を両手でぎゅっと握りしめた。「こんなことになってるなんて……どうして言ってくれなかったの。どうして……」

「きみがやったんじゃないさ。事故だったんだよ」

言葉が出て来なかった。早紀子は嗚咽（おえつ）をこらえながら、じっと彼の指のない手をさすり続けた。

「大して不自由はしてないよ。あと八本も残ってるんだ。まだまだ使える」

彼はそっと手を引き離し、月明かりにかざしながら、自分の手を眺めた。

「指を失ったことよりも」と彼はぽつりと言った。「きみを失ったことのほうが辛かったよ」

こらえきれなくなった涙が早紀子の頬を伝った。「ばかね」と早紀子は言った。「子供みたいに気障（きざ）なことばかり言って」

「そうだな」陣内は静かに笑った。「大人になったつもりだったんだがな」

「あなたなんか」と早紀子は唇を嚙みしめ、声にならない声を上げた。「死ぬまで子供なんだわ。私のせいで、指をなくしたのに。ばかみたいに手袋なんかはめちゃって。ただの骨折だなんて、強がり言っちゃって。あげくの果てに、きみを失ったことのほうが辛かった、ですって。よくもそんなことが言えるわね。大人ならそんなことは言わないわよ。大人なら……」

「大人なら、なんて言えばいいんだい？」

「大人なら……」早紀子は口をつぐんだ。嗚咽が喉の奥で渦巻いた。彼女はひとしきり声をあげて泣くと、そっと彼の右手を取った。

「大人なら、そもそも今日のように再会しても、私をこんなところまで誘わなかったわ。気障な愛想笑いだけ残して、あのまま帰ったはずだわ。それに……」

喉がかすかにヒクッと鳴った。「大人なら……十五も年下のヒヨコみたいな私を夢中になんかさせなかったはずでしょ。面倒なことになる前に、逃げてればよかったんだわ」

「そうだな」陣内は場違いなほど面白そうに言った。「きみの意見は昔からいつも参考になるよ」

早紀子は涙を拭った。「ばかにしてるのね」

「そうじゃない。尊敬してるんだ」

彼は三本指の右手で煙草のパッケージをまさぐり、彼女に一本、勧めた。早紀子は自分が泣いているのか、笑っているのかわからなくなった。煙草を吸いながら、彼女は「ばかね」と言った。「あなたって、ばかよ」

陣内は咳こんだようにして笑い、ゆっくりと名残惜しげに、イグニッションキイを回した。軽い振動が車体を走り、フロントガラスのパノラマが揺れた。そしてその揺れる宇宙の中で、陣内の三本指の右手が彼の目のあたりに触れ、そっと気づかれないように何かを拭ったのを早紀子は胸の詰まる思いで見つめていた。

青いドレス

車内のデジタル時計を見る。二十二時四十分。若林稔は、アクセルを踏みこみ、さらにベンツのスピードを上げた。

山間部にさしかかった道には水銀灯ひとつなく、勾配のきつい道が二車線になって先へ先へと伸びている。ふたつのヘッドライトが照らし出す丸い光の輪の中に、時折、蛾や虫が飛び込み、それらはフロントガラスにぶち当たって、べちゃりと音を立てた。

どこにも車の影は見えない。別荘に行くたびに抜道を探していたものだが、その道は彼が気に入っている抜道のひとつだった。

稔はカーラジオのスイッチを入れた。雑音まじりの古い映画音楽が流れてくる。それが『ブーベの恋人』であることに気がつくまで時間がかかった。懐かしいな、と思い、彼は唇に笑みを浮かべた。医者を目指して浪人時代を送っていた時、ガールフレンドと見に行った映画だった。映画の内容はよく覚えていても、ガールフレンドの名前は思い出せなかった。

急カーブに気をつけながらハンドルを切ると、少し平坦な道に出た。彼は姿勢を楽にし、ゆったりと腕を伸ばしてハンドルを握った。

視野が開けた前方遠くに、明かりが見えた。対向車のヘッドライトだった。ヘッドライトは、ゆらゆらと右に左に激しく揺れて見えた。

なんだ、あれは、と稔は思った。腰に緊張感が走った。彼はハンドルにしがみつき、フロントガラスを睨んだ。

信じられなかった。前から走って来る車は、蛇行しながら対向車線のセンターラインを超えて、こちら側の車線に入ろうとしている。

稔は激しくクラクションを鳴らした。だが相手の車は、速度を緩めようともしない。それぱかりか、こちらの車線に入ってこようとしている。

車が目と鼻の先に迫った。急ブレーキを踏み、ハンドルを右に切ろうとした。タイヤが鋭い軋(きし)み音をたてた。対向車のヘッドライトが目の前に迫り、その直後に、激しい衝撃が車体を貫いた。ガラスが砕け散るような音がした。

何が起こったのか、わからなかった。首が吹っ飛んだかのような感覚だけがあった。痛みというよりも、鈍い痙攣(けいれん)のようなものが後頭部に走っている。稔は喘ぎながら目を開けた。

　対向車を避けようとしたベンツは完全にセンターラインを超え、反対車線の路肩ぎりぎりのところで止まっていた。ヘッドライトの光の中に、黄色い土埃のようなものが舞っている。何かが焦げたような匂いがした。稔は我に返ってあたりを見渡した。

　五十メートルばかり離れたところで、さっきの対向車が止まっている。左側の路肩を超えて、溝に前車輪を落としたらしかった。ドライバーの姿は見えない。

　くそ、と稔は舌打ちをした。なんてこった。どうすりゃいいんだ。

　彼はどこかに怪我はないか、素早く確認すると、首の後ろに手を当てがった。妙な痛みがあった。目がちかちかする。完全なむちうちだな、と彼は思った。そのくらいのことは、すぐに判別がついた。彼は有能な外科医だった。

　震える手でシートベルトを外し、ドアを開けた。溝に突っ込んだ乗用車の陰から、男がひとり、這い出て来るのが見えた。稔はありったけの声を上げて、「馬鹿野郎！」と怒鳴った。怒鳴った途端、信じられないほど気分が悪くなった。彼はその場にしゃがみこみ、頭を抱えた。

　靴音がし、よたよたと男がやって来た。稔は顔をしかめながら男を見上げた。

　体格のいい若い男だった。二十四、五というところか。男は腰を屈めて稔を覗きこんだ。

「なんだ、おまえは！」稔はわめきちらした。「俺を殺す気か！　さあ、すぐに警察を呼べ。ついでに救急車もだ」

男は口の中で何かぶつぶつ言い、悲鳴とも唸り声ともつかぬ奇妙な声を上げたかと思うと、そのままくるりと踵を返し、小走りに走り出した。恐怖にかられた走り方だった。まるで逃げるような……。

稔は渾身の力をこめて立ち上がり、男を追いかけた。

男はどこか、動作が鈍かった。あっという間に稔は男に追いつき、タックルするようにして道路の上に組みふせた。

ひいひいと喉を鳴らしながら、男は路上に黄色い唾を吐いた。むっとする酒の匂いが鼻をついた。

「この野郎」稔は茫然としてつぶやいた。「酔っぱらってたのか」

眩暈がして、足もとがよろけた。稔は路上にへたりこんだ。男はすがるように後ずさりしながら、「見逃してくれ」と言った。「頼む。俺、やばいんだ」

「見逃せだと？　寝言を言うな！」

「頼む！　なんでもする！　酒は飲んだけど、酔ってはいないよ。ただ眠ってただけなんだ。病院にも運んでやるよ。だから、勘弁してくれ！」

気が弱い男なのか、それとも単に頭がおかしいのか、わからなかった。稔は唖然(あぜん)として男を見つめた。

な、いいだろ、と男は酒くさい息を吐きながら立ち上がった。「俺、あんたの車を運転してやるよ。病院に連れてってやる。それでいいだろ」

「いいだろ、って、おまえ、気は確かか。これを示談で済ませようってのか。おまえさんは酔っぱらってセンターラインを超えて来たんだ。酒酔い運転が犯罪になることくらい、知ってるだろうが」

そこまで言って立ち上がろうとした時、稔はまた頭がくらくらした。足がもつれ、身体が前後左右に揺れた。男が思いがけず、稔の腕を支えた。

「病院へ連れてくよ」男はきまり悪そうに小声で言った。「あんたの車に乗ろう。俺の車はあのままにしておく。あとで取りに来るよ」

稔は何か言おうとして口を開いたが、あまりの気分の悪さに何も言えなかった。ともかくどこか安全なところで横になりたかった。彼は男に言われるまま、自分のベンツの助手席に腰をおろし、リクライニングにして身体を横たえた。

男はしばらくの間、車体のあちこちを点検しているようだったが、やがて何事もなかったように、運転席につき、ドアを閉めた。

運転には慣れているようだった。男は二、三度、エンジンをふかせると、うまい具合に車体をUターンさせて路上に出た。

「おまえは何者なんだ」稔はかすれた声で聞いた。すべてがどうでもいいような気がしていた。ともかくこの野郎は病院に連れて行ってくれそうだ。警察を呼ぶのはその後でもできる。

男は鼻をすすった。「何も聞かないでくれ。もう酔いは覚めてんだから」

稔は痛む首を動かして運転席を見た。男はごく普通の学生か何かのように見えた。黄色のポロシャツを着て、ジーンズを穿(は)いている。

「学生か」稔は聞いた。男は黙っていた。

「おい、答えろ」

頼むよ、と男はちらりと稔を見た。「やばい身の上なんだ。こんなことがばれたら、俺、人生が目茶苦茶になる」

「冗談を言うんじゃない。自分が何をしたか、よく考えてみろ」

「頼むよ、おじさん」男は今にも泣き出しそうだった。「なんでもするよ。ほんとにさ。あんたに言われたこと、なんでもするよ。だから警察だけは勘弁してくれよ」

車は時速四十キロを守りながら、勾配のきつい道を降りて行く。ふと気がついて稔は聞いてみた。

「前科者なのか」

男はしばらく黙っていたが、やがて静かにうなずいた。「執行猶予中なんだ」

「何をやった。前にも酒酔い運転で事故を起こしたんだろう」

「そんなんじゃないよ」

「じゃあ、何だ。殺人未遂か」

「それに近いな」

いくらかぞっとしたが、稔は口調を変えずに静かに言った。「ちゃんと答えろ」

「傷害さ。俺の女が俺をヒモよばわりするんで、かっときて刺した。大した怪我じゃなかったけど、執行猶予三年さ」

「今は何をやってる」

「スタンドの店員。なあ、おじさん、頼むよ。もういいだろう」男はしゃっくりをひとつして、溜息をついた。「俺、やっといい女を見つけたんだよ。婚約もした。式はもうすぐなんだ。スタンドの社長がいい人でさ。仲人を引き受けてくれたよ。俺、ずっとヤクザもんでね。それが足を洗って、やっとここまできたんだ。堅気(かたぎ)になったんだ」

「馬鹿を言うんじゃない。堅気が聞いて呆れる。自分の罪は自分で償え」

男は途端に、大きくハンドルを切りながら、急ブレーキを踏んだ。稔は驚いて身体を起こした。車はがくんと揺れながら、それでも見事に路肩すれすれのところで止まった。

「おじさん。この通りだ」男は頭を下げた。「俺、なんでもする。金も払うよ。何かあんたが、俺にしてほしいことがあるんなら、してやるよ。だから、見逃してくれ」

エンジン音だけが、夜の闇の中で低い唸り声を上げている。つけっ放しのヘッドライトの明かりの中で、男の顔は慈悲を乞い願う子供のように見えた。

「なんでもする?」稔は静かに聞いた。「気は確かか。自分の罪を棚に上げて、私と取引しようって言うのか」

「どう受け取っても構わねえよ。俺はただ、見逃してほしいだけなんだ。代わりにあんたのためなら、なんでもするよ」

稔はせせら笑った。「私が、あいつを殺せ、と言ったら、殺してくれるって言うのか。まさかな」

「殺すよ」男は大真面目(おおまじめ)に言った。「なんでもする、って言ったろ。ただし、あんたが、俺のことを最後まで疑われないようにしてくれるなら、の話だけど」

稔は首の後ろに手をあてた。痛むのか、と男が聞いた。稔は答えずに男をじろりと見た。

「なんだよ」と男は笑いながら言ったが、笑い声には不安と動揺が感じられた。「なんで、そんなふうに俺を見るんだよ」

稔は視線をはずさなかった。男はちっ、と舌を鳴らし、「冗談だよ、冗談」と言いながら目をそらした。「あんた、警察に飛び込んで、いま俺が喋ったことを全部、告げ口する気なんだろ。ほんの冗談だよ。殺しまで引き受けてやる、って言ったのは、そのくらいの気持ちでいる、ってことを言いたかっただけなんだから。誤解すんなよ」

おい、と稔は男の腕をつかんだ。男は一瞬、身体を固くしたが、ふりほどこうとはしなかった。

「本当か」稔は低い声で言った。「本当なんだな」

「何がだよ」

「おまえがさっき言ったことだ」

「だから、あれは冗談だって……」

稔は男の腕を強く揺すった。「ごまかさなくてもいい。私は警察にそんなことを告げ口などしない。おまえがさっき言ったことが本気だったのかどうか、それを聞いてるだけだ」

もう首の痛みも気分の悪さも感じなかった。それまでばらばらに散らばっていたパズルの断片が、突然、魔法でもかかったように一つの図柄を構成していくような感じがした。

稔は軽く息を吸い、まじまじと男を見つめた。「いいか。本気で言ったのか、そうでないのか、答えるんだ」

「俺は……」と男は口を濁してみせたが、根っからの駆け引き好きの性格まではごまかせないようだった。彼は小賢しいキツネのような顔をして、稔に顔を近づけた。「あんた、何か俺に頼みたいのかい？」

「このことを警察沙汰にしなかったら、代わりになんでもしてやる……おまえはさっき、そう言った。本当なんだな」

しばらくの沈黙の後、まあな、と男は小声で言い、上目使いに稔を見上げた。「で、頼みごとってのは、何なんだよ」

稔は闇の中で、自分の目が野獣のように光っているのを感じた。一匹の大きな蛾が飛んで来て、ヘッドライトの光の中でバタバタと鱗粉(りんぷん)を撒き散らした。

稔は自分でも聞き取れないほど低い声で言った。

「女房を殺してほしい」

＊

男は相原という二十四歳のガソリンスタンド従業員で、かつて相当のちんぴらであったことは確かなようだった。ちょうど結婚の報告に、田舎の実家を五年ぶりに訪れた後、しこたま飲んでからハンドルを握ったらしい。

だが、それ以上、ふたりは互いのことは語り合わなかった。稔は病院に行かずに、そのまま相原に運転を続けさせて、東京に戻った。相原には、手持ちの金のほとんどすべて……七万円ほどを手渡し、彼の車の修理代に当てるように言った。金を渡したことで、殺人の報奨金をも請求してくるかと案じたが、相原はそんなことは言い出さなかった。よほど、酒酔い運転が周囲にばれるのが怖いらしかった。

妻の日出子は、彼が車庫に車を収める音を聞きつけ、派手なガウンを羽織りながら玄関に出て来た。

「どうしたって言うのよ。朝帰りしたりして。あたし、何度も別荘に電話したのよ。出なかったじゃないの。いったい、どこで何をしてたの」

化粧をすべて落とし、一本三万円もする天然ビタミン配合の栄養クリームを塗りたくったその顔は、てらてらと光り、ニスを塗ったナマコか何かのように見えた。稔は作り笑いを浮かべた。

「帰りにちょっと車をぶつけてね。いやなに。大したことはない。居眠りしてたようだ」

「ぶつけたですって？」日出子は声を荒らげた。「買ったばかりのベンツを？」

「すまない」稔は言い訳がましく頭を掻いた。気分の悪さは治まっていた。明日、若林外科病院で、検査する必要はあるかもしれないが、それも、ひとりでなんとかやれる。

「誰が買ったと思ってんの」日出子は金切り声を上げた。「パパが買ってくれた車でしょうに。あなたにプレゼントして……」

わかった、わかった、と彼は言い、廊下に続く広々とした居間に入った。「明日、早速、修理屋に見せるよ。調べたが、大した疵はなかった」

「いい加減にしてもらいたいわ」日出子は彼の後に続いて居間に入り、ウェストミンスターの巨大な振り子時計を見ながら、眉間に皺を寄せた。「朝帰りはする、車はぶつける、おかげであたしは、今夜も寝不足よ。今日は昼から、桜内さんのお孫さんの踊りの発表会に招かれてスピーチをしなくちゃならないのに。雑誌記者たちが来るのよ。写真を撮られたらどうするのよ。寝不足の荒れた肌が丸見えになっちゃうわ」

桜内というのは、かつて一世を風靡したシャンソン歌手で、今は芸能界きっての実力者女だった。日出子はそうした派手な世界に、もっともらしい顔をして出入りするのが好きな女だった。

「大丈夫だよ」稔は日出子が眠る時に決まってつけるマダム・ロシャスの香水のきつい香りを避けるようにして、彼女のそばから離れた。「きみは寝不足でも充分、きれいだよ。日頃の手入れがいいからな」

ふん、と日出子は鼻先で笑った。皮肉だということが、わかったようだった。

もうすぐさ、と彼はわくわくしながら思った。この化粧ばばあの胸くそ悪い匂いを嗅がずにすむ日が来るのも、もうすぐさ。

日出子がこの世から姿を消せば、問題はなくなる。日出子の父親は仕事熱心なだけで、これといって厭みな人物ではなかった。娘が死んだとなれば、これまで以上に稔をバックアップし、実の息子のように扱ってくるに決まっていた。なにしろ、れっきとした婿養子なのだ。日出子が死んでも、若林外科病院の次期院長の椅子を心配する必要はない。それに、稔は女はいらなかった。今後、誰かと再婚するとなると、問題はややこしくなるだろうが、そんな気はまったくなかった。

女が欲しければ、適当に看護婦連中をひとりずつ相手にしていればすむことだったし、まして、結婚生活などというものは、金輪際、いかなる美女を相手にしたとしても、願い下げだった。

　人生の癌は日出子だけだった。日出子さえいなくなってくれれば、何ひとつ問題はなかった。この、化粧と痩せることと、新しく服や靴を誂えることにしか興味のない、低能で下劣で信じがたく浪費家の女さえいなくなってくれれば。

　ひとりでこの広大な邸に住み、家政婦にすべて身のまわりの世話をしてもらい、いずれ院長の座が回ってくることを楽しみにしながら、夜更けに書斎のロッキングチェアに腰かけて、葉巻をくゆらせている自分。その想像は稔の胸を高鳴らせた。わけのわからない香水だの、おしろいだのの匂いがたちこめた寝室で、吐き気をこらえながら眠る必要もなくなる。それはまさに、天国だった。

「あたし、寝るわよ」日出子がぷりぷりしながら言った。ああ、と稔はうなずいた。

　居間の戸口のところで、日出子は振り返った。「あたしの誕生日のこと、忘れてないわよね」

　稔はまたうなずいた。日出子はてらてらと光った顔に、ゴムのように伸びた笑みを浮かべ、二階に上がって行った。

　日出子の誕生日は、三日後だった。人から贈り物を期待するだけの三十七歳の誕生日。その当日、俺はあの男と会って打ち合わせをする。稔はジャケットの内ポケットにひそめたメモ……相原芳雄のガソリンスタンドの電話番号を取り出し、眺めた。数字を覚えるのはお手のものだった。

彼はそれを頭にたたきこみ、不用になった紙片にライターで火をつけた。

三日後、稔は相原に電話をし、指定した人目につかない公園に、彼を呼び出した。病院の診療の合間をぬって飛び出して来たので、時間はあまりなかった。稔は周囲に人がいないのを確かめると、木陰のベンチに坐っていた相原の隣に腰をおろした。

暑い日で、木陰にいても汗がどくどくと流れてきた。そのせいか、あたりに人影はまったくなかった。

相原は何も言わずに、煙草をふかしていた。それが緊張のせいだということは、すぐにわかった。稔は慌ただしく持っていた箱を開け、中のものを彼に見せた。

「この服をよく覚えておけ」

「なんだい、これは」相原は、箱の中に畳まれている青いシルクのドレスに見入った。

「何に使うんだ」

「今日は女房の誕生日なんだ。私はこれを彼女にプレゼントする。決行の日、女房にこれを着せるつもりだ。わかるな。これを女房が着ていれば、実行しろ。もし、別のドレスを着ていたら、計画中止だ」

「どういう意味だよ」

「まあ、黙って聞け。おまえに危ない橋を渡らせるつもりはない。完璧な環境が整っていれば、この計画は必ず、成功する。だが、少しでも危ない状況になったら、中止すべきだ。女房の行動は私がよく知っている。気まぐれな女なんだ。計画当日、どんなハプニングがおこるかわからない。友達が来るとか、まあ、そんなようなことさ。突然、危ない状況になった時、私がおまえに連絡がとれなくなったら、どうする。それに私たちは二度と会わないほうがいい。電話もいかん。このドレスは、そのためのサインだ」

「なるほどね」相原は感心したように言った。「じゃあ、あんたの女房がこいつを着てたら、やってもいいんだな」

「そういうことだ」

「別の服を着てたら、中止」

「そうだ。家を間違えたとか言って、帰って来ればいい。運命だ。そうなったら、私はおまえに殺してもらうことを諦める。むろん、あの夜の事故のことも忘れることにするさ」

相原は目をぱちぱちさせた。想像力はないが、実行能力だけはありそうな感じだった。

稔は計画を彼に細かく教えた。実行日は、一週間後の午後三時。おまえは『メディカル・ジャーナル』という医療機関専門誌の記者になりすまし、家を訪れる。家政婦はちょうど盆休みをとって留守だから、妻はひとりのはずだ。彼女には前もって、『メディカル・ジャーナル』の記者が〝外科医の妻たち〟という連載を始めるので、インタビューを申し込んで来ている、と話しておく。出たがり屋の妻は、喜んで承諾するに決まっている。だから、おまえは、カメラでも携えて、私の家に行くだけでいい……と。

「これがその雑誌だ。一応、当日、手に持って行ったほうがいい」稔はあらかじめ持って来ておいた『メディカル・ジャーナル』誌の最新号を相原に手渡した。「それから、これは名刺。私が以前、インタビューを受けた時、記者からもらっておいた名刺だ。おまえはこいつに成りすますんだ」

　別人の名刺を相原に渡すと、相原は珍しそうに一瞥し、「うまいな」と愉快そうに言った。「あんた、頭がいいや」

「言っておくが、これらは実行後、必ずどこかで焼き捨てるんだぞ。それから、指紋には気をつけろ。すぐに足がつく。手袋でもはめていけ」

「わかってるって」相原は胸を張った。「任しとけよ」

「殺し方については……」と稔は言いかけ、あまりに露骨だと思ったので、口を濁した。

相原がそれを受けた。

「絞めてやるよ」

「え？」

相原は自分の両手で、首を締めるジェスチュアをしてみせた。稔は目をそらしながら、黙ってうなずいた。

それから四、五分、さらに念入りに打ち合わせをし、ふたりは別々にベンチを立った。油蟬（あぶらぜみ）のけたたましい鳴き声の下で、相原は額に汗を光らせながら、振り向いた。

「ひとつだけ聞かせてくれ」

「なんだ」

「いったい全体、なんだって、女房がそんなに憎いのさ」

稔は眩しそうに目を細め、木もれ日が揺れる地面を見つめたまま、ぼそりと言った。

「おまえには関係ない」

相原は肩をすくめた。「俺はあんたみたいな結婚はしないよ」

ああ、と稔は言った。「それがいい」

＊

当日、稔は朝、出かける前に、もう一度、実行しても問題はないかどうか、日出子を相手に聞き出した。

「今日のインタビューはよろしく頼むよ。まさか、誰か友達と会う予定なんかいれてるんじゃないだろうね」

「大丈夫よ」日出子は微笑(ほほえ)んだ。誕生日に贈ったシルクのドレスのおかげで、ここしばらく彼女の機嫌はすこぶるよかった。「あたし、エステティックサロンに行くのだって、断ったくらいなのよ。外科医の妻たち……だなんて、素敵じゃないの。それにカラーグラビアで扱ってくれるんでしょ。わくわくしちゃうわ。あの雑誌、いつも医療雑誌にしては洒落(しゃれ)てるな、と思ってたの。女優さんたちもグラビアで紹介されてるね」

「あの青いドレスを着た写真は、なかなかいけると思うよ」稔はどきまぎしながら言った。

日出子はうっとりしたように小首を傾げた。

「本当にあのドレス、気に入ったわ。ねえ、青いレースの手袋なんかはめたらどうかしら。シルクじゃないけど、あたし、持ってるのよ。どう？」

「いいんじゃないか」と稔は言った。

「それとも、手袋はやめにして、ピンク色のマニキュアを塗ったほうがいいかしらね。あなた、どう思う？」

稔は聞いていなかった。彼は「え？」と聞き返した。

「マニキュアの色の話をしていたのよ。聞いてなかったの？」

「いや……聞いてたよ。マニキュアの色ねえ」ばかばかしいとは思いながら、彼はふと目についた手元の薄紫色のテーブルクロスを指さした。「こんな色なんか、どうかな」

「パープル系？　そうねえ。それもいいかもしれないわね。そうしようかしら。青いドレスには案外、斬新でいいかもね」

稔は適当にうなずき返した。今日、これから病院へ診療に行き、帰って来た時はもう、この女はいないのだ、と思うと不思議な感じがした。痛みはなかった。ただ、ひたすら不思議な奇妙な感覚だけが、彼を取り巻いていた。

「ああ、どうしよう。迷うわあ」日出子がうろうろと居間を歩き回りながら言った。「手袋にするか、マニキュアを塗って指輪を嵌めるか。それに、あなた、あたしの髪型、これでいい？　美容院に行ったほうがよくはないかしら」

美容院などにわざわざ行って、時間通りに戻れなくなったら事だった。稔はやんわりと「そのままでいいよ」と言った。「きみはいつも、パーマをかけたての髪が気にいらないと言ってるじゃないか」

そうね、と日出子は笑った。笑った途端、マダム・ロシャスの濃厚な匂いがあたりに充満した。稔は軽く目を閉じ、心の中で別れの挨拶(あいさつ)をした。

「じゃ、私は行くよ」稔は立ち上がった。「今日は一件、手術があるんだ」

日出子はうわの空でうなずきながら、窓辺に燦々とあふれる朝日に向かって自分の手を掲げ、自慢げに爪を弾いてみせた。「爪が光ってるわ。そういう日って、マニキュアの乗りがいいのよ。やっぱりマニキュアを塗って撮影してもらうことにするわ」

かわいそうな女だ。稔は内心、本気でそう思った。ばかな人形そのもの。あの世に行っても、毎日、髪型だのマニキュアの話をし続けているに違いない。

彼はジャケットを片手に廊下に出た。日出子は見送りにも来なかった。

ポーチに立ち、後ろ手に玄関のドアを閉めた。うんざりしていた生活のすべてが、閉じられ、永遠に葬り去られたかのようだった。稔は振り返りもせずに、車庫に向かって歩き出した。

*

長く忙しい一日だった。ありがたいことに、その忙しさが稔の恐怖心を和らげてくれた。

午前中に手術が一件、それが終わると、包丁で手の平を深く切った男の子が運びこまれてきたし、午後は午後で、工場の機械に指を巻き込まれた男や、交通事故で頭を打った老婆が救急車で回されて来た。

人の命を救っている時に、ひとつ、別の命が消えると思うと、不思議だった。彼はもくもくと治療にあたり、目の前の血と傷と呻き声にだけ意識を集中しようと努めた。

三時十分前から、彼は時計を見るのをやめにした。いたたまれない気分だった。顔色があまりよくない、と看護婦に言われた。彼は二日酔いかな、と笑ってごまかした。

四時に外来診療をすべて終え、あとはその日の救急当直医に任せた。すぐにでも飛んで家に帰りたかったが、稔は我慢した。いつも通り、義父と談笑し、手術の経過を見るために、担当患者たちのベッドを見て回った。

どこかで電話が鳴ると、どきりとした。だが、誰も日出子の死を伝えてはこなかった。当たり前だ、と彼は思った。今夜、俺が家に帰るまで、日出子の死体はそのままだろう。誰も訪ねて来る予定はないのだから。

生まれて初めて、人間の身体にメスを入れた時のことが思い出された。緊張はあったが、怖くはなかった。あの時の冷静さが恨めしかった。彼は今にも、ガタガタ震え出しそうだった。

六時をまわったころ、稔は白衣を脱いでスーツに着替え、看護婦たちをひとしきり、からかってから、通用口に向かった。習慣を崩してはならなかった。何ひとつとして。だがすでに口の中はからからだった。

修理させたベンツに乗り、エンジンをかけた。自動車電話に目が吸い寄せられた。家に電話してみようか、とふと思った。どうせ誰も出て来ないに決まっているが、誰も出て来ないというそのことを確かめてみたかった。

電話の受話器に手を当て、彼は深呼吸した。だめだ。いかん。日頃、家になど電話したことのない自分が、こんな時に電話していたことが、万が一、誰かに知られたらまずいではないか。

彼は電話することを諦め、車を発進させた。道路は盆休みのせいか、空いていた。運転しながら、心臓がどくどくと波打つのが感じられた。喉が詰まり、手足の先が異常に冷たくなった。

この後すぐに、自分が日出子の死体を発見することになると思うと、叫び出したくなるほど怖かった。いいんだ、これで、と彼は自分に言いきかせた。このくらい恐怖心があったほうが、警察に与える印象も自然なものになるだろう。

自宅に着くと、彼は車庫に車を入れ、注意深くあたりを見回した。家の回りはひっそりとしており、ただ、こんもりと茂った木々の幹で、ひぐらしが哀しげに鳴いているだけだった。

乾いた唾を飲みこみ、彼は玄関ポーチに立った。誰も出てこないとわかりながら、それでも一応、習慣に従ってチャイムを押した。目の前が暗くなるような感じがした。彼はそっとドアノブに手を伸ばした。

扉の向こう側に、スリッパを引きずる音がした。彼はぞっとして立ちすくんだ。

カチリとドアの鍵が開き、よそゆきの顔をした日出子が顔を覗かせた。「なんだ。あなただったの」

わけがわからなかった。稔はぽかんと口を開けたまま、立っていた。日出子はけたたましく喋り出した。

「いったい、どうなってんのよ。約束した記者の男の人が三時に来たんだけど、あたしの顔を見るなり、びっくりしたみたいに帰って行っちゃって……あたし、ずっとその後、待ってたんだけど、お詫びの電話一本、来やしない。あんまり頭に来たんで、あたし、『メディカル・ジャーナル』の編集部に電話してやったのよ。そしたら、編集長が出て来て、そんな企画は聞いてない、なんて言うじゃないの。インタビューの依頼が主人に入っていたはずですが、って言ったんだけど、何かのお間違えでは、って言うのよ。あたし、病院に電話しようと思ったんだけど、よほどの緊急事態じゃない限り、医者の身内が勤務先に電話するもんじゃない、ってパパに教えられてるでしょ。だから、あなたが帰って来るのを待ってたのよ」

彼女は、まぎれもない、稔がプレゼントした青いシルクのドレスを着て、マダム・ロシャスの匂いをぷんぷんさせながら、怒ったように彼を見上げた。「何なの？　これは。あなた、何か勘違いしてたんじゃないの？」

いや、と稔はかすれた声で言った。「そんなはずは……」

「じゃあ、おかしいじゃないの。ちゃんと『メディカル・ジャーナル』のインタビューだ、って聞いたんでしょ？　ここに来た記者もそう名乗ってたわよ。それなのに、あたしを見るなり帰って行くんだもの。まるであたしが着てた普段着が見るに耐えない、って感じで」

「普段着？」稔は聞き返した。「何の話だ。青いドレスを着る予定だったじゃないか」

日出子は鼻に皺を寄せて不機嫌そうに言った。「そうよ。そのつもりだったわよ。でも、家政婦はお盆で帰省してるし、あたしが、玄関に出迎えに行かなくちゃしようがないでしょ。着替えるのは後でも出来るんだもの」

なんで、と稔は言った。「ドレスを着て出なかったんだ」

「あたしだって、ドレスを着て出たかったわよ。ところが、間に合わなかったのよ。ほら、今朝、あなたにも話したでしょ。あたし、あなたに言われた通り、紫色のマニキュアを塗ったんだけど、どうも気にいらないのよ。品がないの。最悪なの。だから途中で急いでピンク色のマニキュアに塗り変えたの。それを必死で乾かしている途中で、チャイムが鳴るんだもの。だから仕方なく普段着姿のまま……」

稔は深く震えるような深呼吸をした。「その時、ドレスを着てなかったのか」

日出子は眉を吊り上げて、鼻先で笑った。

「当たり前でしょ。マニキュアが完全に乾いてからじゃないと、服が着られないじゃないの。女はみんなそうするわ。さもないと、せっかく塗ったマニキュアが服にあたってこすれちゃって、また塗り直さなくちゃならなくなるのよ。あなたの言うことなんか聞かずに、最初からピンク色のマニキュアにしておけばよかったわ。ばかみたいよ。普段着姿のまま、玄関に出て、記者に逃げられるだなんて。あたし、自分の容姿に自信がなくなったわ。よもや、あの記者が何かの間違いだったとしても、あたし、普段着のまま人前に出たのは初めてだし、それに……」

未亡人は二度生まれる

男は、痩せ細って毛並が悪くなった野良猫のように見えた。見るからに安っぽい黒の古びたブルゾンを着ている。長く伸ばした髪には数本の白髪が目立ち、その白髪を隠そうとでもするように、額には幅広の青いバンダナが巻かれていた。

美紀はそれがいったい誰なのか、わからなかった。彼女は別荘の玄関のドアチェーンをかけたまま、「どなた?」と小声で聞いた。相手は一瞬、黙った。

季節はずれの軽井沢の別荘地……しかもここは、千ヶ滝地区のはずれにあたり、深夜、突然、見知らぬ男が現れるような場所ではなかった。

強盗かもしれない、と美紀はごくりと唾を飲みこんだ。ここにいるのは女ばかりだということを知っていて、堂々と玄関から押し入ろうとしているのかも……。

「誰なの?」彼女は震える声で聞いた。

顔の周囲を被いつくしているごわごわの髭(ひげ)の奥で、色の薄い唇がゴムのように横に伸びた。「わからない？　美紀ちゃん。僕だよ」

　ややかん高い声。声にははっきりと聞き覚えがあった。美紀は、両手を口にあてがい、目をぐりぐりと回して男の顔を見つめた。

「忘れたのかな？」男は仕方ない、といった調子で微笑んだ。「無理もないけどね」

「嘘でしょ」美紀はつぶやくように言った。「桃介さんだなんて……そんな……」

　男はちょっと悲しそうに笑ったが、すぐに「さあ」と片手をドアにかけた。「開けてくれないかな。外は寒いんだ」

「お母様！　お姉ちゃま！」美紀はドアチェーンをはずすと、そのまま叫びながら廊下を走り、転びそうになりながらリビングルームに飛び込んだ。玄関に誰が来たのか、いぶかしみながら立ち尽くしていた母と姉が、口々に「なに？」と聞いた。

「桃介さんよ！　桃介義兄さん、帰って来たわよ！」

　母の和江の顔が、みるみるうちに真っ赤になった。「んまあ！　図々しい」彼女は両手にこぶしを作って握りしめた。「なんだって今頃、のこのこと……」

「すごい痩せてるのよ」美紀は玄関のほうをちらりと見ながら、口早に囁いた。「誰だかわからなかったくらいなんだもの。まるで別人。病気なのかもしれないわよ」

「どうするの、美鈴」和江は長女の美鈴のほうを見て、毅然（きぜん）として言った。「まさか、今さら仲直りしようってんじゃないでしょうね。お母様はいやですよ」

美鈴は情けないほど小刻みに震え出した。

「そんなこと言ったたって……。何のために帰って来たのか、話だけでも……」

「何言ってるんです。いい機会なのだから、さっさと離婚の話をまとめちゃいなさいな。ね？ それがいいわよ。今さら、あんな男の言い訳を聞いたって、なにも始まらないんだから。芸術のためだか何だか知らないけど、勝手に置き手紙ひとつで出て行って三年も音信不通にするなんて、常識のある人間がすることじゃないわよ」

「どうしよう。どうしたらいいんだろう」美鈴はリビングルームをうろうろ歩き回り、暖炉(だんろ)の脇の窓辺に立って、レースのカーテンを指でねじり始めた。「ねえ、美紀ちゃん。どうしたらいいの？」

美紀は肩をすくめた。「どうするもこうするも、玄関で桃介さんをあのまま立たせておく気？ それとも追い返すの？」

「わからないわ。わかんないのよ」

美紀にしてみれば、姉がどうして桃介のような売れない絵描きに熱を上げ、母や親戚の猛反対を押し切ってまで婿養子に迎えたのか、まったく理解できなかった。美紀は、自称「芸術家」などという輩は、箸にも棒にもかからないゴミみたいなものだと思っていたし、どんなに桃介が優しい男であったとしても、早い話が篠原家にとりついたヒモに過ぎない、と見ていたのである。

桃介は両親に早くから死に別れ、兄弟もなく、野良犬のように世間を転々としてきた男だった。苦労人らしく、我慢強くて気配りのきく性格で、そこが姉の美鈴を魅了したらしい。結婚を反対された当初は、「桃介さんといっしょになれなかったら、自殺してやる」とわめき、それが真に迫っていたため、周囲を慌てさせたほどだった。

桃介は婿養子に入って以来ずっと、事実上の無職だった。彼は、和江が誂(あつら)えてやった広いアトリエで絵を描いていたが、さっぱりものにならなかった。桃介の描く絵のどこがどう、ものにならないのか、門外漢の美紀にはわからなかったが、和江に言わせると、それは「才能の問題」であるらしかった。「何の特技もない、吠えもしない、尾も振らない、いるのかいないのかわからない雑種犬」というのが、和江の桃介評だった。

和江が桃介をいたぶるのは、見ていて楽しかった。美紀もそれに便乗したわけではないが、どうもパッとしない義兄をからかうのは面白いことだった。

さすがにたまらなくなったのか、三年前の或(あ)る日、桃介は忽然(こつぜん)と姿を消してしまったのである。置き手紙にはただ一言、「僕を自由にしてください」と書かれてあった。

美鈴は、ひどく悲しんだ。「恩知らず」と怒りもした。だが、篠原家の親戚たちが、こぞって美鈴に正式な離婚を勧めたというのに、美鈴は頑として受け入れなかった。夫に出ていかれて離婚届に判を押す女になるくらいなら、夫は死んだと思って未亡人として生きるほうがずっとましだ、というのが彼女の意見だった。

その考え方が少女趣味的で、的はずれのものだ、と充分わかっていながら、和江は娘の言う通りにしてきた。誇りにしている篠原の家に出戻り娘を作りたくない、というのが和江の本心だった。もっとも美紀にしてみれば、姉が離婚しようがそのままでいようが、どうでも構わなかったのだが……。

行方知れずになった桃介からは何の音沙汰もなかった。大方、どこかで四畳半一間のアパート暮らしでも厭わないような、芸術家かぶれの若い女を見つけて、一緒になっているのだろう、と美紀は思っていた。

その桃介が、三年もたってから、ひょっこり帰って来たのである。

まるで出来すぎたホームドラマじゃないの……と美紀はその面白さにわくわくしたが、黙っていた。「ねえ」と彼女は、白いアンゴラのセーターを着て臆病なウサギみたいに震えている姉に向かって言った。「あの芸術家さんは、玄関で寒さに震えてるわよ。なんなら、あたしが車で軽井沢駅まで送り帰そうか。今ならまだ、東京に戻る最終列車に間に合うわよ。それともどこかホテルでもとってあげることにする?」

「いいわ、あたし、あの人に会うわ」美鈴は眉を八の字にさせながら、美紀と和江を交互に見た。「だってこのまま放っておけないでしょう？　そうじゃない？」

和江は溜息をついた。「あんな男にまだ気をよくしてるのね。あなたが受けた仕打ちを考えてみたらいいのよ。亡くなったお父様がこのことを知ったら、どれほどお嘆きになることか……。三十にもなるというのに、娘が育ちの悪いヒモのような男に引っ掛かって、未だに絆を断ち切れないでいるだなんて、お父様が生きていらしたら、どれほど……」

まあまあ、と美紀は間に割って入った。「現に桃介さんが戻って来ちゃったんだから。お母様も少し落ち着いて。だいたい、お父様はお姉ちゃまが桃介さんと結婚する前に亡くなってるんだし……今頃、お父様がどう思うか、心配する必要もないと思うわよ」

和江は栗色に染めてショートカットにした髪をかきあげると、子供のように鼻を鳴らし、カシミヤの大きな黒いショールを肩に巻きつけて大袈裟（おおげさ）に身体を震わせた。さっきまで三人で飲んでいたココアが、ボーンチャイナのカップの中でかすかに湯気をたてている。

その湯気の向こう側を見るともなく見ると、美鈴は意を決したようにリビングルームを急ぎ足で横切った。葡萄色（ぶどういろ）のロングスカートの裾（すそ）が、廊下に通じるドアの向こうにひらひらとなびいて消えた。

玄関であの男を見て、この人、桃介さんじゃないわ、と叫び出さなきゃいいんだけど、と美紀は思った。あれじゃ、ほんとに別人なんだもの。昔は確かにご面相だけはよかった。本人さえその気になれば、女には事欠かない、といったタイプだった。でも、あんなにやつれたんじゃ、その面影もない。お風呂にもろくに入ってないんじゃないかしら。

「なんだか熱が出そうよ」和江はソファーにどさりと腰を下ろし、額に手を当てた。

「なんだって突然、ここに来たのかしら。お母様たちがここに来ていることをどうやって知ったのかしら」

「はじめに、東京のあたしたちの家に電話したのよ、きっと。それにあたしたちが今頃の季節に軽井沢に滞在することは桃介さん、よく知ってるもの。だから来てみたんじゃない?」

「ともかくも、美鈴には甘い顔をさせないようにしなくちゃいけないわ。今度という今度は、何があっても追い出してやるんだから。世間が知ったら、何を言われるかわかったもんじゃない。あんなどこのウマの骨だかわからない、ヒモのような男に家出され、それでも親切に面倒をみるほど、あたしたち篠原家は慈善事業をしているわけじゃないんです。いまいましい!」

「よっぽどあの人のこと嫌いなのね、お母様ったら」美紀はくすくす笑った。「そんなに嫌いなんだったら、結婚させなきゃよかったのよ」

和江は聞いていなかった。「お母様がお父様と死に別れた時は、ほんとに悲しかったけど、心の中は暖かだったもんだわ。尊敬できる伴侶と死に別れた女は、結局は幸福な未亡人となる、って誰かが言ってたけど、ほんとよね。お母様はいま、幸福な未亡人。お父様はお家柄もしっかりしてらしたし、帝国大学を卒業なさったエリート中のエリートだったでしょ。おかげで、亡くなられた後も、お金の心配なんて一度もしたことがないわ。お母様が働かなくたって、充分、贅沢が保証されてる生活なんだもの。それが、女にとってどれほど素晴らしいことか……。娘をふたり抱えて、スーパーのレジのパートタイムをやらなくちゃいけなかったとしたら、お母様は、生まれて来たことを呪ってたわ、きっと。美鈴にはそのことがわかってないんですよ。あんな孤児みたいな、しかも学歴も才能もない男を連れ込んで来て……それで幸せになれるはずがな……」

美紀が大慌てで「シーッ」と口に指を当てたが、遅かった。すでに桃介と美鈴はリビングルームのドアの向こうに立ち、じっと和江を見ていた。いつも従順な美鈴が、珍しく母親を睨みつけ、吐き捨てるように言った。

「お母様、少し、品がなさすぎるんじゃないこと?」

和江はうろたえ、ソファーから立ち上がった。美鈴は黙って桃介を中に招じ入れ、暖炉の側に案内した。小さな風がおこり、暖炉の中の薪が勢いよくはねた。

「しばらくぶりです。お義母さん」

桃介が悪びれたふうもなく一礼した。和江は露骨に目をそむけた。桃介は目をぱちぱちさせたが、それ以上、何も言わなかった。

美鈴が代わって説明した。「桃介さん、この間の秋の国立美術賞に入選したんですって。これでもう、洋画家として独り立ちできるそうよ。入選作もすぐに買い手がついたんですって。すごいわ。長い修業期間が実を結んだ、ってわけよ。この人、あたしやお義母様に迷惑がかからないよう、ひとりで頑張ってたんですって。苦労したのよ」

やや興奮気味に語られるその口調は、すでに高名な画家の妻の口振りになっている。

しばらくのバツの悪い沈黙の後、美紀は「おめでとう」と言った。国立美術賞というものに入選することが、どれほど権威のあることなのか、まったくわからなかったが、いくらなんでも、黙ったままでいるのは桃介に悪い気がしたからだ。「よかったわね、桃介さん」

桃介は「ありがとう」と小声で応えた。

美鈴が続けた。「ねえ、それで今日はそのことを報告しに来たんですって。お母様、聞いてる？」

「聞いてますよ」和江は目をらんらんと光らせて、桃介を睨みつけた。「でも、こう言っちゃなんだけども、賞を受賞しようが何しようが、あたくしどもには関係ないのよ。ねえ、桃介さん。あなた、まさか賞を受賞したことを教えたくて帰って来たわけじゃないでしょうね。子供みたいに。ねえ、聞いて、聞いて、って。三年前の篠原の家に対するあの失礼千万な仕打ちを忘れて、まさかそのナントカという取るに足らない賞の話を自慢しに帰って来たわけじゃないでしょうね」

「僕はただ……」桃介は立ち尽くしたまま目を伏せた。相変わらずの弱気ぶりだわ、と美紀は鼻白んだ。はきはきと物を言わないから、お母様につけ入られて、負けちゃうのよ。何か言い返せばいいものを。

「ただ、なんなの？　何が言いたいの？　あなた、今夜、突然、何をしにここに来たの？」

「やめてよ、お母様。どうしてそんな言い方しかできないの。桃介さん、もう立派な画家なのよ。失礼じゃないの」

「美鈴。あなたって子は、ほんとになんて馬鹿なの。あなた、どんなに辛い思いをしたか、知ってるの？　この男のおかげで、あなた、まるで未亡人みたいな生活をしてきたのよ。しかも不幸な未亡人。まだ若いのに。他の縁談も拒否して。離婚届も出さずに……。いつまで甘い顔をする気なんですか。悪いけど桃介さんという男は、篠原の家にはふさわしくな……」

「突然、こんな形で顔を合わせることになってしまい、申し訳なく思っています」

桃介が澄んだ落ち着いた声で和江を制し、深々と頭を下げた。薄汚い恰好をしてはいるが、態度は絵に描いたように紳士的だった。和江は口をつぐんだ。

「お電話をしてから伺うつもりだったんですが、こちらの別荘のほうの電話番号を失念して……。いや東京のお家で電話番号を教えてもらったのでかけられたのだけど、直接来てしまいました」

「車の音がしなかったわ」美紀が口をはさんだ。「まさか歩いてここまで来たんじゃ……」

桃介は優雅に首を横に振って、美紀に向かって微笑んだ。「タクシーで来たんだよ。駅からここまで。遠くで降りたから、きっと聞こえなかったんだろう」

美紀はうなずき、姉のほうを見た。美鈴は満足げに桃介を見ていた。

ほんとにお姉ちゃまも馬鹿ね、と美紀は思った。あの様子じゃ、お母様が言う通り、また桃介さんに丸めこまれて、よりを戻そうとするに決まってる。

「僕は今夜はどこか他に泊まりますから、ご心配なく」桃介が和江に向かって、てきぱきと言った。「ただ、美鈴と話がしたくて来ただけなのです。僕と美鈴の問題ですから、できたら美鈴とふたりきりにさせてもらえませんでしょうか。ほんの一時間ほどでいいんです。話ができれば……」

「美鈴と話す前に、この私に話すことがあるんじゃないかしら、桃介さん？」和江はショールの下で背筋を伸ばした。「私は美鈴の母親なのよ」

桃介は動じた様子もなく、静かに微笑んだ。「三年前の勝手な行動に関しては、軽率だったと反省しています。しかし、今夜はお義母さんにではなく、美鈴さんと話がしたい。大切な話なんです」

「非常識な人！」和江は助けを求めるように、美紀を見た。「最低ですよ。母親の私を無視するなんて。いったい人の恩というものを何だと思ってるんだろう」

うふふ、と美紀は声を出さずに笑った。退屈な別荘生活に、これだけ楽しめるショーが始まるとは思ってもみなかった。彼女は目を輝かせて母親と桃介と姉を交互に見比べた。

母親は完全に分が悪かった。姉は桃介の画家としての独立の話を聞いた時から、もうすっかり、桃介の肩を持ってしまっている。

「お母様！　お願いだから興奮しないで。あたし、桃介さんと話してくるわ。二階のあたしの部屋を使います。お母様の指図は受けないわ。ほんとよ。あたし、桃介さんの気持ちが、今になってわかったような気がしてるのよ。きっと……あたしたちの結婚生活がおかしくなったのは、お母様が原因なのかも……」

「んまあ、なんてこと！」和江は立ち上がり、唇を震わせた。血圧が高いんだから、卒中をおこさなきゃいいんだけど、と美紀ははらはらしたが、倒れたら倒れたで、また新しい展開が望めそうな気がした。彼女は床にジーンズの膝を抱えながら坐りこんだ。

美鈴はいまやジャンヌ・ダルク気分のようだった。彼女はアンゴラのセーターの胸を突き出し、冷静な女弁護士のように軽く溜息をついた。

「子供みたいに怒るもんじゃないわ、お母様。あたしたち、まだ夫婦なのよ。話し合う余地もあるでしょう？」

「勝手になさい」和江は最後の誇りを失うまいとして、目をそらし、つかつかと歩いて部屋を出て行った。

ボアスリッパを履いた足音が廊下を出て、突き当たりにある和室に入り、乱暴に襖が閉められる音がした。美鈴はそっと桃介の腕をとった。

「さ、二階に行きましょ」

「なんなら、ここで話したら？」美紀がすかさず言った。「あたし、自分の部屋に引き取ってもいいのよ」

「いいの」と美鈴は妹の厚意をやんわりと退けた。「上で話すから」

「ココアでも持っていってあげましょうか」

「ありがとう、美紀ちゃん。でも、いらないよ」桃介が静かに言った。

「じゃあ、ホットウィスキーにする？　ビールもあるわよ。ワインも……」

「いいの」と美鈴が妹のほうを見もせずにせかせかと言った。「何か欲しくなったら取りに来るから」

ふたりはリビングを出て行った。美紀は立ち上がり、落ち着かない気分になってうろうろし始めた。

これで桃介がまた自分たちの生活に深く関わってくるとなると、いろいろ穏やかではないことがたくさん持ち上がる。親戚たちは口出しをしてくるだろうし、第一、お母様はお姉ちゃまを追い出しにかかるかもしれない。なにしろ、死んだお父様のどうしようもない貴族趣味的なところや見栄っぱりの部分を受け継いでいる人なのだ。今後、あの桃介さんを許して受け入れることは決してあり得ないだろう。

お姉ちゃまが追い出されるとなると……と、美紀は考え込んだ。今度は自分にお鉢が回ってくる。これまで一度も勤めに出ず、夜遊びばかりして、さんざんお金を使って暮らしていた末娘を黙認してくれていたのは、お姉ちゃまの一件が始終、お母様の頭にこびりついていたからなんだ。

そのお姉ちゃまがいなくなるとなると、これは大変なことになる。黒ぶちの眼鏡をかけた不細工な男の縁談写真ばかり持って来て、結婚しろしろ、とうるさく迫ってくるかもしれない。

ふーっ、と美紀は溜息をついた。結婚なんてしたくないわよ。結婚なんかしなくたって、いずれ篠原の財産はあたしに回ってくるんだから。

家の中では物音ひとつしなくなった。二階の姉の部屋では何らかの会話が交わされているのだろうが、ちょうどリビングとは反対の方角に位置しているので、床が軋(きし)む音すら聞こえない。

美紀はさっきまで飲んでいたココアが冷めきってしまったので、また温めるつもりでポットをキッチンへ運んだ。ガスコンロに火をつけ、ポットをかける。少し空腹を感じたので、冷蔵庫を開けてみた。食料はたくさん詰まっていたが、調理するのは面倒だった。

彼女は冷蔵庫を閉め、カウンターハッチの扉を開けた。堅焼きせんべいの姿が見えている。ココアにおせんべいは悪くない。彼女は袋を取り出し、中の大きな丸いせんべいを一枚、口に放りこんだ。

リビングの電話が鳴り出した。美紀は急いで噛んでいたせんべいを飲み込むと、慌ててリビングに戻り、受話器を取った。

「もしもし?」

ブーッという音と共にコインが落ちる音がした。「もしもし? 篠原ですけど」

一瞬の沈黙の後、「美紀?」と聞く若い女の声がした。「美紀でしょ?」

「マユミ!」美紀は声を張り上げた。高木真由美は美紀の夜遊び仲間のひとりで、以前はよく一緒に遊んだものだったが、ここ半年ほどはご無沙汰だった。長いつきあいだったホストクラブの男と結婚するしないで、もめているという。

もともとどういう家庭で育てられたのか、皆目わからない女で、親の話や兄弟の話は出たことがない。職業はモデルということになってはいたが、どう見ても仕事にありついている様子はなく、どうやらパトロンがいるらしかった。

美紀は母親がこの電話に出なくてよかった、とほっとした。もし母親が出たとしたら、そのまま切られていたに違いない。母の和江にとって、美紀の遊び仲間たちは、人間のゴミ溜め、腐った生ゴミでしかなかったのだ。

「よかった。やっぱり別荘に行ってたのね」真由美が言った。声がやけに近い。

「マユミ、今どこにいるのよ」

「どこだと思う? 軽井沢の駅。たった今、着いたんだけどさ。あたし、もう……」そこで声が涙声になった。美紀は内心、ああいやだ、と思った。きっと男とうまくいかなくて、どこかで酒をくらったあげく、発作的に列車に飛び乗って来てしまったのだろう。いくら仲間とはいえ、美紀は人の愚痴を聞かされるのは大嫌いだった。彼女は溜息をついた。

「いったい全体、何事なのよ」

「美紀！　お願い！　あたし、行くとこないんだよ。そっちに行っていいでしょ。もう、寂しくて悔しくて……」

「薬、やってないでしょうね」美紀は冷淡に聞いた。「薬をやってるんだったら、うち、母親がいるから無理よ」

「やってない、やってない」真由美は痛々しいほど慌てて答えた。寂しくなると、得体の知れない連中からまわしてもらうLSDを飲んでトリップ状態になり、さすがの美紀も驚くほど大胆なことをしてしまうのが真由美の悪癖だった。何度、真由美のおかげでせっかくのパーティーが台無しになったことだろう。会場のテーブルの上でストリップをする、食器を割る、あげくの果ては誰かれかまわずに殴りかかる。身体が白人女性のように大きいため、トリップした真由美に顔をひっかかれたり、割れたガラスで切りつけられたりするのは、美紀ならずとも恐怖だった。

「やってないんならいいけど……」美紀はぶつぶつ言った。ね、いいでしょ、行っても、と真由美が聞いた。「これからすぐにタクシーとばして行くからさ。迷惑かけない、ほんと」

「約束よ。あんたに暴れられると、あたし、家を追い出されるんだから」

「わかった。約束するってばあ。じゃね、後でね。もう、どうしようもないんだよ、あたし……。畜生！　あの男！　まあいいや。ね、タクシーに乗って篠原さんの別荘って言えば着くよね。じゃあね、すぐ行く」

電話はそこで切れた。美紀は舌うちした。どうせ蛍光塗料を塗りたくったような派手な化粧をし、女ロックミュージシャンみたいないでたちでやって来るに違いない。

明日の朝は、きっとお母様は食欲をなくすわ、と美紀は思った。マユミはギャング映画に出てくる娼婦みたいな喋り方をするし、下手をしたら朝からビールを飲もうだなんて言いかねない女だから。

マグカップに温めたココアを注ぐと、美紀はそれを片手に母親の居室に行った。

「お母様。あのね、今、友達から電話があったの。軽井沢に着いたんですって。それでね、今晩、ひと晩だけ泊めてほしいって言うのよ」

「いけません」和江はくぐもった声で言った。「男を止めるなんて……。ここはホテルじゃないんですよ。美鈴がこんな時に、あなたまで世話を焼かせないでちょうだいよ」

「あら、誤解よ。その子、女よ。マユミっていうの。高木真由美。時々、東京の家にも電話があったでしょ。いい子よ。あたしの部屋に泊めるから。ね？」

和江は黙っていたが、やがてごそごそという畳をこする音と共に「勝手になさい」とつぶやいた。

美紀は肩をすくめ、またリビングに戻った。ココアをすすりながら、せんべいをかじる。まあいいか、と彼女はひとりごとを言った。マユミとも久し振りだし、いずれにしても今夜は退屈しのぎの材料が増えた、ってことだわ。

ちょっとの間、家の中の物音に耳をすましてみた。家の中は、どこもかしこもしんとしていた。

*

タクシーでやって来た真由美は、予想に反しておとなしいなりをしていた。耳の下あたりでギザギザにカットし、グリースを塗りたくった得体の知れないヘアスタイルはいつものままだったが、着ているものは黒のシックなショート丈スカートに、焦げ茶の大きめのジャケット。これならお母様も安心する……そう思って美紀は少しほっとした。

だが顔色はひどく悪かった。薬を常用する人にありがちな精気のない肌を隠そうと、塗りたくった頬紅がかえって痛々しい。むくんでいるのか、目の下や顎のまわりがふくらんで見える。

「なんだか元気なさそうね」美紀は真由美をリビングに案内しながら言った。「それにしては少し太ったみたいだけど」

「神経太りだよ」真由美は自分を罵るように言った。「苛々するから手当たり次第に食べちゃう。おかげでこのざま。ここ一年くらいで、どっと老けたってば」そして彼女は「あーあ」と暖炉の前にしゃがみこみながら溜息をついた。「あんた、いいわね。お金持のお嬢さんでさ。まったく生まれが違うと、こうも人生、違ってくるもんなんだね。まあ生まれに関しては、今さらどうのこうの言うつもりはないけどさ。でも、美紀がいてくれてほんとによかった。あたし、悔しくて、悔しくて……」

「何か飲む？」美紀は聞いた。「薬をやってなさそうだから、アルコールを補給してもいいんじゃない？　必要がありそうな感じだし」

「そうだね。悪いわね。シラフじゃ話も盛り上がんないもんね」

美紀はサイドボードからバランタインとナポレオンの瓶をそれぞれ持って来て「どっちがいい？」と聞いた。真由美はちらりと瓶を見ると「両方」と答えた。「酒ぐらい好きに飲ませてよね。あたし、今夜は絶対、薬をやんないから」

美紀は苦笑してキッチンに立ち、トレイに氷とグラスを載せて戻った。真由美はまだ二十代で、結婚もしていないというのに、なんだか生活そのものに疲れ切っているように見えた。締まりなく首のあたりについた贅肉が、太った結果というよりも、むしろ不健康の象徴のように見える。

これじゃあ、モデルの仕事はおろか、男からの誘いも入って来ないんじゃないかしら、と美紀は冷静に観察した。一時は大柄美人で通っていた真由美でも、こう荒れすさんでしまうと、ただの疲れた、図体の大きいろくでなしにしか見えない。

「ケンの奴！　畜生！」真由美は一気にバランタインのオンザロックを飲みほすと、下品そのものといった調子で唇を拭った。紫色がかった口紅がとれ、唇のわきにはみ出した。

「あいつ……あたしがあれだけ尽くしたっていうのに、昨日、あたしに別れようって。それも直接、言ったんじゃないのよ。あいつの友達にそれを言わせてさ。あたし、直接、言いに来い、って言ったんだよ。女がいるんだよ。女が。美紀、知ってるでしょ。ほら、新宿のディスコに行った時、あいつにくっついて踊ってたカマトトみたいな女。ピンクのワンピースなんか着てさ。ケンの奴、ああいうのが好みだったんだってさ。ひどいじゃないのよ。あたし、あいつのためにどれだけ……」

真由美がケンとかいう男にどれだけ尽くしたのか、は美紀は知るよしもなかった。だいたいこの手の話は掃いて捨てるほどある。それにケンという男は二、三度、ディスコなどで見かけただけで、美紀の印象にも薄かった。

「まあ、そう、カリカリしないで」美紀は言った。「男のことなんかで、カリカリしちゃ損よ。だいたい、マユミにはパトロンがついてんでしょ？　いいじゃないの、それだったら。食べていくのに苦労はないし」

「パトロンのじじいとは別れたわよ。手切れ金を取ってやったけどさ。うまい具合にあたしとケンとの仲がバレそうになった時、じじいのほうで、別れてほしいって言い出したの。たっぷりもらったわよ。でも、そんなことはどうだっていい。あいつ、ぶっ殺してやりたい！」

「他にいいのが出てくるわよ。マユミは案外、弱気なんだから。うちの姉なんかもそうだけど……。今、上で三年ぶりに姿を現した亭主とご対面してるの。よりを戻すらしくって、デレデレして、まったくみっともないったらありゃしない。姉は三年の間、他を探しもしないで待ってたのよ。馬鹿みたい」

「お姉さんの旦那って、何やってんの？」

「画家。といってもまったく売れないんだけどね。どうしようもないろくでなしで、姉自身も苛々してたんだけど、いざ帰って来ると嬉しがっちゃって……。まったく手がつけられない」

「よりを戻すんならいいじゃん。あたしなんかフラれたんだから。しかも、他の女に取られてさ。一番、惨めなフラれ方よ。結婚しようとまで言ったんだよ、あいつ。一年前よ。ほら、見て。この指輪。こんなもんまでくれちゃってさ。そりゃあ、嬉しかったわよ。誰だって嬉しいでしょうが」

真由美は左手の薬指にはめていた指輪を乱暴に美紀の目の前に差し出して見せた。プラチナの台に小さな丸いルビーがついている。さほど高価なものだとは思えなかった。駅ビルなどによくある安物売りのアクセサリーショップで、うやうやしげに鍵つきショーケースに陳列されている程度のしろものだ。

そんなものをもらって、何が嬉しいんだろう、と美紀はふと思った。結婚の約束と安物のルビーの指輪が、いったいどう関係するものなのだろうか。

恋愛ドラマの見すぎよ、と言いたかったが我慢した。和江が言うところの、〝社会の掃き溜め〟のようなところで、男にくっついて世を渡っていく真由美のような女でも、こんなロマンチックなことを本気にするというのが、どうにも理解しがたかった。

真由美は二杯目のオンザロックを作り、ぐいと飲んで、煙草をせわしなく吸った。「こんな指輪、たたき返してやるわよ。くだらない。どうせ今頃はピンクのワンピースの女にダイヤのはいった指輪なんかプレゼントしてるに決まってんだからさ」

真由美はそれからも長々とケンという男についての罵り(ののし)の言葉を吐き、グラスをあおり続けた。だんだん目がすわってくるのがわかる。早く寝かせないと、そのうち暴れそうだな、と美紀はひやひやした。

「ね、頼むから今夜はおとなしくしててよね。マユミの気持ちもわかるけど、あたしの立場も考えて……」

「わかってる、わかってる」真由美は深い吐息を吐いた。「ちっとも酔ってなんかいないよ、あたし。酒には強いのよ。ね、美紀、お願い。ちょっとだけ、あれ、やっていいでしょ」

美紀は、そらきた、と思った。こんな最悪の状態の時に真由美が薬をやらないですむはずがない。

「やめたほうがいいわよ。マユミのためにも。身体こわすわよ。今だってすっかり疲れてるじゃない」

「心配してくれて嬉しい」真由美は目を細めた。「でも、あたし、このままこうしてると頭の中がひやーっとしてきて、今にも狂っちゃいそうになるんだよ。狂いたくない、狂いたくない、って思いながら酒を飲んでるのって辛くて……。美紀にはわかんないだろうけど」

マユミはほろほろと涙を流した。美紀は自分が麻薬撲滅運動の厚生委員にでもなったような気がした。「泣いてもだめよ。マユミは薬をやると、気持よくならないで凶暴になるんだから」

「もうだめ。我慢できない、あたし……」

真由美はやおら持って来た大きなショルダーバッグの中から、プラスチックの瓶に入った砂粒のようなものを取り出すと、それをペロリとなめた。

そしてそれだけで世界の均衡が保たれたかのように、ほーっと息を吐いて微笑んだ。

「大丈夫だって、美紀。心配ないよ。ほんの少しだから。美紀だってひと晩中、あたしなんかの愚痴、聞いてたくないでしょ」

三十分後、真由美はトイレに立とうとして暖炉に勢いよく額をぶつけ、トイレから戻って来た時にはストッキングが裂けて、血がにじんでいた。

さらに三十分後、真由美はジャケットの下に着ていたセーターを脱ぎ、ブラジャーも取り去って、リビングルームで意味不明の踊りを踊り出した。踊っている最中に、自分を捨てた男への呪いの言葉を吐き、よろけて花台にぶつかった。和江が気に入っていたガラスの大型花瓶が床に落ちて、粉々に砕けた。

その音を聞きつけて駆け込んで来た和江は、警察を呼んでこの頭のおかしい女をたたき出してもらう、とわめいた。真由美は和江に向かって「指輪を返してやる。指ごと返してやる」とわめき続けた。そして、実際に和江が警察に電話する前に、真由美はざらざらとした青黒い肌をさらしたまま、リビングのソファーに横たわって、寝てしまった。

*

深夜三時過ぎ。やっと和江をなだめすかし、自室に引き取って、ヘッドホンでロックを聴いていた美紀は、LPを一枚聴き終えたところで大きな欠伸(あくび)をした。ヘッドホンをはずし、耳をすましてみる。廊下を隔てた姉の部屋は相変わらず静かだった。階下での真由美の騒ぎが聞こえなかったはずはない。

あのピンク色のレースのベッドカバーの上で、三年ぶりに裸になって抱き合ってるのかしら、とふと想像した美紀は、ふんと鼻を鳴らした。どっちもどっち。姉の男の趣味も理解できなかったし、桃介の女の趣味も理解できなかった。あたしが男だったら……と彼女は考えた。お姉ちゃまみたいな女は絶対、選ばないわよ。確かにきれいで上品でお尻も軽くないけどさ。なんだかズレてるし、鈍いし、第一、センスが悪い。服を選ばせれば、昔の少女漫画の世界になっちゃうし、あのフリルのブラウスとか、花柄のフレアースカートとか、レースのハンカチとか、そうした趣味の悪さはなんとかならないものかしら。芸術家の女房が聞いて呆れるわ。

それまで聴いていたレコードをジャケットに収めていると、部屋のドアがノックされた。ためらいがちな、それでいて切羽詰まったような叩き方だった。

初めに思ったのは、真由美が薬から覚めて上にあがって来たのだろう、ということだった。どうせまだ、呂律も回らないに違いないが、寒くてたまらなくなったのかもしれない。

「マユミ?」と彼女は声をかけた。「お入んなさいよ」

ノブがゆっくりと回り、ドアの隙間から姉の顔がのぞいた。

「あら、お姉ちゃま。なに? さっきはうるさかったでしょ。あたしの友達が来てるのよ。ねえ、桃介さん、お姉ちゃまの部屋で寝てるの? お母様にあとで何か言われるわよ」

姉は黙っていた。美紀はヘッドホンのコードを丸めながら続けて言った。「いい加減にしておかないと、お母様、血圧が上がってぶっ倒れるかもよ。さっきもあたしの友達がちょっと羽目をはずしたもんでね。怒ったのなんのって……」

ドアをふり返ると、美鈴はそこに突っ立ったまま、じっとこちらを見ていた。「やだ。お姉ちゃま。どうしたのよ。入って来たらいいじゃない」

姉は動かなかった。つかんだままのドアノブが、石のように静止している。美紀は不審に思い、おそるおそる近づいた。

美鈴は紙のように白い顔をしていた。あんまり白いので、着ているアンゴラのセーターを頭までかぶっているように見える。

「あたし……」美鈴は今にも消え入りそうな声で言った。「あたし……」

ちょうど廊下を隔てて真前にある美鈴の部屋のドアが半開きになっており、中から明るい光が筋となって廊下に洩れているのが見えた。

「どうしたのよ」

美鈴は答えずに、黙って自分の部屋のドアのほうを指さした。

或る不吉な思いが美紀をとらえた。それはまったく不思議な直感だった。彼女は素早く姉の横をすりぬけ、光が洩れているドアを勢いよく開けた。

桃介が仰向けにベッドに寝ていた。巻いていたバンダナからは、堅い髪の毛が放射状に羽根枕にあふれている。両手と両足は、ピンクのレースのベッドカバーの上に棒のように投げ出されていた。

目はこぼれんばかりに見開かれ、天井をにらんでいる。そして首には、何重にも巻きつけられた紐が見えた。紐！　どうして桃介の首に紐が……？

叫び出そうとして叫ばなかったのは、理性があったからではなく、声が出なかったせいだった。美紀は思わず後ずさりし、これはただの悪い夢なんだ、と自分に言い聞かせようとした。桃介が、突然やって来て、姉のふかふかのベッドの上で死ぬなんて、そんなことが現実に起こるはずがない。

「お願い。確かめて」後ろに立っていた美鈴が、泣きそうな声で言った。「死んでる？」

馬鹿げた質問だった。桃介の首に巻かれた紐の間から、紫色の溢血斑がのぞき見えている。半ば開かれた唇からは薄い血糊のような液体が糸を引き、ごわごわした髭にかたつむりが通ったような跡を残していた。

「まさか……」美紀は吐き気をこらえ、やっとの思いで振り返った。「殺したの？」

「だって……」美鈴は我に返ったようにして、わっと顔をおおい、号泣し始めた。「仕方なかったのよ」

「ともかく」と美紀は姉の腕を乱暴に取り、部屋の外に連れ出した。ドアを閉め、よろける足取りで自分の部屋に入れる。美鈴は泣きわめきながら、美紀のベッドの上にくずれ落ちた。

「説明してよ、お姉ちゃま。大変なことになっちゃったじゃないの」

だが、美鈴は半狂乱だった。色を失った唇が痙攣(けいれん)し、握りしめた両手のこぶしは、麻痺(まひ)したように動かなくなっている。

美紀は何度か姉の身体を揺さぶり、頰を軽く叩いたりして正気に戻そうとしたが、無駄だった。薄気味の悪い、狼の遠吠えのような声が美鈴の喉の奥からひっきりなしにしぼり出されてくる。

廊下にバタバタというスリッパの音が轟き、ノックもなしに、美紀の部屋のドアが開けられた。寝間着にベルベットの葡萄色のガウンをひっかけた和江が、目を吊り上げて中に入って来た。

「今度は何なの！」

「お母様。大変なことになっちゃったのよ」美紀が母を中に入れ、ドアを堅く閉ざした。美鈴の激しい慟哭のせいで、美紀も和江も、ロックコンサートの会場にいる時のように、大声で話さねばならなかった。

「気を落ち着けて聞いて。桃介さん、死んだわ」

「なんですって？」

「だから、桃介さんが死んだのよ」

「死んだ？　どこにいるの？　え？　何の話？」

美鈴がむっくりとベッドの上に起き上がり、ひときわ激しく叫び出した。「あたしのせいなのよ！　あたしが殺したのよ！　もう終わりだわ。あたし、逮捕されて、もう、人生、目茶苦茶だわ」

和江は目を丸くして美紀を見た。「殺した、ですって？」

「ほんとなのよ、お母様。見てきたらいいわ。お姉ちゃまの部屋のベッドの上。桃介さん、絞め殺されてるから」

姉と一緒になって叫び出すだろうと思ったが、母はまるでキッチンの煮物の味つけでも調べに行く時のように、ゆっくりと冷静に美鈴の部屋に行った。ドアを開ける音がし、閉める音がした。三十秒後には、和江はもう美紀の部屋に戻っていた。

「死んでるわ」和江は言った。その口調にも表情にも、何の感情も見出せなかった。彼女はつかつかと歩いて、美鈴のそばに寄り、ぐいと娘の顎を持ち上げた。泣きわめいていた美鈴は、その母の不思議な反応の仕方に驚いたように泣くのをやめた。

「あなたが殺したのね？」和江は穏やかに聞いた。「そうなのね？」

美鈴はかすかにうなずいた。

「お母様に説明してちょうだい。どうして殺したのか」

「仕方なかったのよ」美鈴はまた泣きくずれた。美しい日本人形のような顔が、涙と恐怖でむくみ切っている。「ああするしか、仕方なかったんだもの」

「泣かないで！」和江は大声を出した。「泣いてたら何もわからないわ。さあ、説明してちょうだい。どうして殺したの。あなた、さっきまでは桃介さんが画家になって戻って来たことを喜んでたようだったじゃないの」

美鈴はしゃくりあげ、流れる鼻水を手の平で拭った。美紀はティッシュペーパーの箱をそっと手渡した。

「そりゃあ、嬉しかったのよ。その時はあたし、嬉しくて……てっきり、桃介さんはあたしとまたやり直そうとして戻って来たんだとばかり……」

「違うの？」美紀が聞いた。「あの人、帰って来たんじゃなかったの？」

「それどころか……」美鈴はティッシュを丸めて鼻の下にあてがった。「正式に離婚しよう、って……。あの人、女の人と暮らしてるのよ。いい人なんだって。貧乏しても文句を言わない人なんだって。ひどいじゃないの。あたし、馬鹿みたいにあの人のこと信じてたのよ。あの人は死んだものだと思って、これまでやってきたのよ。それが何よ。さんざん人を心配させておいて、画家としてやっと独立できたと思ったら、今度は他の女と結婚するだなんて……。それを聞いて、あたし、カッとしてしまって……」

「でも、どうやって殺したの」和江が低い声で聞いた。「あなたの力でよくも殺せたわね」

「あの人、眠っちゃったのよ。ひどいわ。あたしにこの話をしに来ることを考えて、ここしばらく眠れなかったんだって。馬鹿よ。話し終えるとガーガーといびきかいて寝ちゃったんですもの。あたし、腹がたって腹がたって……。お母様や美紀ちゃんにもさんざん迷惑をかけたっていうのに、三年後に戻って来て離婚の話をすると眠っちゃうなんて……。あんまりひどすぎる……」

「じゃあ、眠ってる間に?」和江は眉をひそめた。美鈴はうなずいた。「ベルトに使ってた組み紐があったから……。ちっともあの人ったら、目を覚まさないのよ。赤ちゃんみたいに眠ってるのよ。あたし、あたし……ああ、なんてひどいことをしてしまったんだろう」

美紀はうなだれる姉の腕をさすった。「眠ったまま死んだんだったら、何よりよ。苦しまなかったんだもの」

「お母様」美鈴は和江を見上げた。「お願い。まだ警察に電話しないで。まだあたし、心の準備ができていないもの。ごめんなさい、お母様。篠原の家名もあたしが汚してしまった……」

美紀は溜息をついた。これで自分の将来も一巻の終わりだ、と思うと情けなかった。軽井沢の豪華な別荘、東京にある広大な屋敷、車、バーゲンセールを覗かなくてもいいような満ち足りた暮らし……そうした一切合切の贅沢が、一挙に瓦解(がかい)していくその音が聞こえたように思った。

「お姉ちゃまを恨むわ」美紀は淡々と言った後で、また深い溜息をつき、目をそらした。

「お姉ちゃまは子供よ。何も殺さなくたってよかったのよ」

「責めないで」美鈴はさめざめと泣いた。「仕方なかったんですもの」

「どうするの？　お母様」美紀は和江を見た。「警察には誰が電話する？　早いほうがいいわよ。通報が遅れると、何かと取り沙汰されて面倒だわ」

和江は上唇をぺろりと舐めると、大きく息を吸い、また吐き出した。「電話なんかする必要はないわ」

泣きくずれていた美鈴は泣くのをやめ、和江を見上げた。美紀も姉を見、ついで母親を見た。

「なんですって？　お母様。じゃあ、警察に黙ってるっていうの？　事故にみせかけるつもり？　不可能よ。見たでしょ？　あの首にはくっきりと紐で締めた跡が……」

「どうして桃介さんの死を連絡する必要があるの」和江は凜(りん)として言い放った。栗色のほつれ毛が、こめかみのあたりでかすかに震えた。「その必要はないですよ」

「だって、現に桃介さんは……」そこまで言ってから美紀ははっとした。和江の言わんとしていることが理解できたのだ。彼女は母親のガウンの袖に指を触れた。

「お母様、もしや……」

「そうですよ。桃介さんは三年の間、行方不明だったのよ。今夜、突然、ここに帰って来るなんてこと、お母様たちだって知らなかったのよ。いい？　美鈴。あなたにはたくさん聞きたいことがあるわ。桃介さん、何て言ってたの。詳しく教えるのよ。あの人、一緒に住んでいる女の人にここに来ることを言ってきたのかしら」

「そんな……そんなこといけないわ」美鈴はいまや完全に泣きやんでいた。「お母様たちまで犯罪にまきこんだりしたら、あたし……」

和江はぴしりと言った。「さあ、おっしゃい。桃介さんはその女の人に何を言って出て来たの」

美鈴はひるんだように身体をベッドから起こし、じっと母親を見上げた。さあ、と和江は言った。「説明するのよ」

「あ、あの……つまり……」

「慌てないでいいわ。ゆっくりと桃介さんから聞いたことを話して。正確に。いいわね？」

美鈴は子供のようにこっくりとうなずいた。「桃介さんはあたしと結婚してるってことすら、その女に打ち明けてないのよ。ここで今夜、あたしに離婚を承諾させてからその女に打ち明けるつもりだったらしいわ」

「確かね」

「ええ、確かよ。あの人、そういうことで嘘がつける人じゃないもの」

「じゃあ、ここに来ることをその女には何と言って出て来たのかしら」

「スケッチ旅行に行く、って。二、三日で戻ると言って出て来たらしいわ。でもあの人、丸二日の間、ここに来る勇気がなくて、考え事をしながら山をうろついたりしてたんだって。だからなんだか疲れてやつれてたみたいに見えたのよ。明日には戻らなきゃ、って言ってた」

「つまり、その女の人は桃介さんが篠原美鈴と結婚していて、籍が抜けていないことを知らないわけね」

和江の顔が紅潮し、あらぬ方角をきょろきょろと見渡した。「美鈴！　美紀！　ひょっとするとこれはうまく隠せるかもしれないわ」

「でもどうやって」美紀が聞いた。とてもそんなことは不可能のように思えたからだ。いくら桃介がここに来ることを誰にも言って来なかったとしても、現に東京の自宅に電話して、お手伝いのトミに一家が軽井沢に来ていることを聞いているわけだ。

トミは篠原家に住み込みでやって来てから長い。当然、桃介とのいきさつをよく知っている。今回、桃介が軽井沢の別荘にやって来ることを聞いて、内心、いろいろ想像もしているだろう。

それに桃介は軽井沢駅からここまでタクシーに乗って来たと言った。タクシーの運転手は、それが家出して行方不明だった篠原家の婿養子だと知らなくても、青いバンダナを巻いた薄汚れたヒッピーのような若い男をこの別荘の近くまで乗せたことをはっきり覚えているだろう。

「無茶だわ。お母様。考えてもみてよ。このへんのタクシーの運転手はひとり残らず、千ヶ滝のうちの別荘を知ってるのよ。桃介さんがうちにやって来たってことが知られるのは、時間の問題だわ。それに死体をどうするの。映画によくあるみたいに、車のトランクに乗せて運ぶの？　やめてよ。気味が悪い」

「死体を隠す方法は別にしても……」和江が部屋の中をうろうろと歩き回りながら言った。

「ああ、なんだか暑苦しいわ。窓を開けない？」

美紀が走って行って、窓を大きく開けた。十月の高原の冷たい空気が、ひたひたと押し寄せるように室内に満ちあふれた。和江は大きく息を吸い、また続けた。

「死体のことまではまだ頭が回らないわ。でも、ここが肝心なところだけど、桃介さんはここに来ることを誰にも言ってないんでしょ？　まして、美鈴と離婚の話をしに来るだなんて……」

「そのはずよ」美鈴が小声で言った。涙が乾き、はげ落ちた化粧の上に大きな染みを作っている。

「あの人、この三年の間、ひとりで小さなアパートに暮らして、バーテンダーのアルバイトしながら絵の勉強してたんですって。今の女の人と出会ったのはつい半年前。あたしと離婚が成立してからプロポーズして、周囲の知り合いにも詳しいことを打ち明けるつもりだったみたい。だからここに来ることは、ほんとに誰も知らないはずよ」

「それが確かなら」和江がひとりうなずいた。「ここに桃介さんが訪れて来たことをむしろ誰かに知ってもらってたほうがいいわ」

「どうして?」美紀は興奮していつもは和江に禁止されている煙草をドレッサーの引き出しから取り出し、一本くわえて火をつけた。和江は一瞬、いやな顔をしたが、何も言わなかった。

「いい? こうするのよ。桃介さんは突然、今夜うちを訪ねて来た。離婚の話なんかじゃなく、その逆……美鈴とよりを戻すつもりで帰って来たってことにするの。家中でそれを受け入れ、桃介さんは翌朝、また自分のアパートに戻った。いろいろと片づけなくてはならない絵の仕事なんかがあってね。お母様たちはそれを見送った。美紀が桃介さんを駅まで車で送った。それっきり桃介さんからは連絡がない……そうすればいいのよ」

「でも、いつかは桃介さんの一緒にいる女の人から捜索願いが出されるわ。スケッチ旅行に出かけたまま、帰らないって」美鈴が真剣な目付きで言った。和江は悪魔的な微笑みを顔中に浮かべた。

「いいじゃないの。その女の人はあたしたちには関係ないんですもの。あたしたちはその女の人を知らない。その女の人はあたしたちのことを知らない。桃介さんだけがこの世から姿を消すのよ。その女の人が警察に届けたって、警察では桃介さんの失踪と篠原の家のゴタゴタを結びつけることはないのよ。別個に捜索はされるでしょうけど、あたしたちのところには来ないわ。来るはずがない」

「すごいわ、お母様」美紀は指にはさんでいた煙草をせかせかと吸い込むと、慌ただしく灰皿に押しつぶした。「確かにそうね。桃介さんは二つの世界を生きてたんですものね」

美鈴は顔色に赤みを取り戻した。「大丈夫かしら。ほんとにうまくいくかしら」

「二、三しておくことがあるわね。お母様は夜が明けたらすぐに、東京のおうちに電話します。トミさんにさりげなく桃介さんが戻ったことを伝えるのよ。そう。さりげなく、ね。それからタクシー会社にも電話するわ。ゆうべ、婿がそちらのタクシーを利用した時に財布を落としたらしいんだけど、届けがあったかしら、とかなんとか聞くの」

「冴えてるわ、お母様」美紀は感嘆の唸り声をあげた。「それで印象づけるのね」

「そうよ。そうすれば、篠原の別荘に来た婿が、翌朝、東京に帰った、ってことを自然にタクシー会社に伝えることができるでしょ。どう？　美鈴。こうすればあなたは警察になんか行かなくたってよくなるのよ。いいえ。行かせるもんですか。お母様があなたを殺人犯として警察に突き出すとでも思って？　篠原の家の名誉を守るのはお母様の責任よ。お父様だって許してくださるに違いないわ」

「それに、殺した相手が桃介さんじゃね」美紀がうんざりした顔で言った。「今だからはっきり言うけど、あの男を選ぶなんてお姉ちゃま、男を見る目がなさすぎたわよ」

美鈴は恨めしそうに妹を見上げたが、何も言わなかった。「そうですよ」と和江も同調した。「こう言っちゃなんだけど、死んでくれてよかった」

「でも、あたし、殺人を犯してしまったのよ。許されるはずがないわ」

「だから言ったでしょ。あなたは殺人なんか犯さなかった。桃介という男は、ここの別荘にやって来て、翌朝、東京に帰った。あなたが知っているのはそれだけ。そういうことにしておけばいいんですよ。さあ、ぐちゃぐちゃと話してる暇はないわ。死体をどうするか、考えなくちゃ」

和江はガウンのポケットに両手を突っ込みながら、ぐるぐると部屋の中を歩きまわった。

美紀は二本目の煙草に火をつけ、煙草のパッケージを姉に手渡そうとした。「お姉ちゃま。

吸う?」

いらないわ、と美鈴は邪険に言った。「よくそんなものが吸えるわね。胸が悪くなる」

「あら、興奮を鎮めるためにはいいのよ」

「煙なんか吸いたくもないわ」

「じゃ、お酒でも飲む?」

「いらない。あたしが煙草もお酒もやらないこと知ってるでしょう」

「煙草の話なんてどうでもいいでしょ。あなたがたも真剣に考えてよ」和江が、美紀の吐き出す煙草の煙を大袈裟によけながら言った。「決して人に見つからない場所を考え出さなくちゃならないんだから」

「山奥に捨てるのはやめたほうがいいわ」美紀が言った。「どんなに山奥でも、必ず見つかるわよ。山菜を採りに行ったおばあさんが、よく死体を発見するじゃないの。野犬が死体を掘り起こして、首をくわえてうろつく、って話もあるし……」

美鈴が顔をしかめた。和江はうなずいた。

「お母様も山に捨てるのは利口じゃないと思うわ。狭い国だから、必ず誰かに発見されるものよ」

「かと言って、この別荘の庭に埋めるわけにもいかないし……」

和江はじっと美紀を見た。「庭？」

「いやあだ。お母様。まさか庭に埋めるなんて言い出すんじゃないでしょうね」

「いいアイデアよ、それは」

美紀は頭をかきむしった。「冗談じゃないわよ。自分の家の庭に死体があるだなんて」

「だってうちの庭に埋めるのが一番、安全じゃないの。ここは別荘地のはずれで、しかも先は行きどまり。崖でしょ？　間違っても、人がむやみやたらと侵入してくるような場所じゃないわ。特に裏庭の崖っぷちのあたりは、お母様たちだって滅多に行かない場所よ。あのあたり……ほら、コスモスがたくさん咲くところがあるでしょ。おととしだったか、トミさんがここに来た時に、とうもろこしでも植えて菜園を作りましょうか、って言ってた場所よ。結局、作らなかったけど……。あのあたりに穴を掘って埋めておけば……」

ああ、と美鈴は口を押さえた。「なんだか吐きそう」

「気をしっかりもつのよ、美鈴」和江は娘の背中を軽くさすった。「みんな篠原の家のためなんですからね」

美紀は窓辺に立ち、腕を組んだ。胃のあたりにかすかに痙攣が起こり始めている。母の話すことはすべて絵空事のようだった。だいたい、人をひとり殺して、永遠に知られずにいられるはずがない。仮に裏庭に埋めたとしたって、自分たちは一年中、ここに住んでいるわけでもないのだ。東京の家にいる間に、誰かが桃介の行方不明を不審に思い、ここをこっそり調べ回らないとも限らない。

いくら桃介が、誰にもここに来ることを言ってなかったとしても、彼はれっきとした篠原家の婿養子なのだ。誰かが戸籍を調べればわかってしまうし、わかったらわかったで、桃介の失踪が篠原の家と関係しているだろうこともばれてしまう。そうなれば、どこに埋めようが、自分たちは執拗に調べられることになるだろう。

「庭に埋めるのはいいにしても」美紀は窓の外の暗がりに誰かがいるような気がし、怖くなったため、そっと窓を閉めながら言った。「危険は残るわよ。桃介さんがお姉ちゃまの夫だったことは、簡単に調べがつくのよ。きっと桃介さんと一緒にいる女の人が、調べ出すに決まってるわ。もしかすると、とっくに調べがついてるかもしれない」

「そうね」和江が表情を曇らせた。「桃介さんの籍が抜けてないことを知りながら、黙ってるつもりだったのかもしれないし……。女ってのは怖いですからね。裏で何をするかわかったもんじゃないのよ」

「あたしたちみたいにね」美紀がこの場の切羽詰まった雰囲気を和らげようと、おどけて言った。和江は反応しなかった。

「それに、肝心なことをあたしたち忘れてるわ」美紀が続けた。「マユミをどうすればいいの」

「マユミ?」美鈴が怪訝な顔をした。「誰なの、それ」

「さっき言わなかった? あたしの友達よ。突然、来たの。男にフラれてね。それでもってちょっと大暴れして、お母様をびっくりさせてしまったんだけども」

「あんな人、叩き出してやればよかったのよ」和江は憤りを思い出したように鼻を鳴らした。「病院に入れてしまうに限るわ。頭が完全におかしいんだもの」

「頭が狂ってるわけじゃないわよ、お母様」美紀がやんわりと言った。真由美をかばうつもりはなかったが、母親に自分の仲間を不当に罵られると腹立ちがなくもない。「彼女はかわいそうな子なの。あたしやお姉ちゃまが想像できない世界で生きてきたんだもの。それに耐えきれなくなって、時々、薬をちょっとやるようになったんだわ。ああやって暴れたりするのも薬のせいなの。薬が切れると、正気に戻るのよ。普段はいい子よ。感じやすくて、馬鹿みたいに優しいところもあるわ。もっとも暴れた事実を忘れてることが多いんだけどね」

「そんな麻薬中毒患者の女のことなんか、どうだっていいじゃない」美鈴がいきりたった。

中毒じゃなくて、ただの常習者よ、と美紀は訂正したが、美鈴は聞いていなかった。

「ともかくそんな人、早くどうにかしてよ。あたしたちに関係ないじゃないの。それに、その人、桃介さんが今夜、ここに来たことを知ってるんじゃないの?」

「まあね。あたしが喋ったから」

「ほら、ごらんなさい。お母様。あたし、これでもうだめだわ。下にいるその女は、もしかすると全部、気がついているのかもしれない」

「まさか」美紀は苦笑した。「あの大暴れをお姉ちゃまが見たら、安心してたわよ、きっと。彼女、薬をやると現実感覚がまるでなくなっちゃうのよ。とてもじゃないけど、お姉ちゃまが桃介さんを殺したんじゃないか、なんて想像できる余裕は、ありゃしないって。それに、あたし、桃介さんはお姉ちゃまとよりを戻しに帰って来た、って彼女に説明したはずよ。マユミは自分のことしか考えてないんだし、まして赤の他人のお姉ちゃまが旦那とハッピーな夜を過ごしてたかどうか、なんて、考えてもいなかったでしょ」

「でも、いったいどうすればいいの。その人がいる間には、桃介さんの死体をどうにかすることができないじゃない」

「夜が明けて正気を取り戻したら、さっさと帰すから。心配しないで。マユミだって、いつまでもここにいる気はないんだろうから」

「ああ」と美鈴は頭を抱えた。「よりによって、こんな時にそんなおかしな友達が家の中にいるだなんて! ねえ、お母様! あたし、やっぱり自首するわ。無理よ。どう考えたって、難しいわよ」

和江は答えなかった。黙ってじっと腕を組み、床の一点を見つめている。まるでそこにゴキブリの死骸を見ているような感じだった。

「何、考えてるの、お母様」美紀が小声で聞いた。和江はゆっくりと顔を上げた。

「いい考えがあるわ」

「なあに？　死体を埋める場所のこと？」

「そうじゃないわよ。死体を埋めたり、今後、誰かにばれるんじゃないか、っておどおどしたりする必要が何もなくなる方法がひとつだけある」

興奮のためか、和江の両まぶたがピクピクと痙攣している。美紀も美鈴も身動きひとつせずに母親を見つめた。

「いい？　ふたりともお母様の言うことをよく聞いて。桃介さんが今夜、ここに来たことはトミさんもタクシーの運転手も知っているわね。さっきも言ったように、知っててもらって一向にかまわないのよ。桃介さんは、ここに美鈴と話し合いをしにやって来た。もちろん、よりを戻すためによ。そこへ、美紀の不良仲間のひとりがやって来た。その子は自分の男のことで嫉妬に狂っていた。まして、その子には薬を常習する習慣があった……」

「お母様ったら！」美紀は驚いて目を剝いた。「マユミに罪をなすりつける、って言うの？」

和江は冷やかにうなずいた。「早い話がそういうことだわね」

「あんまりだわ。それじゃ、彼女がかわいそう……」

「自分の姉と、あのどうしようもないあなたの友達の、どっちが大事なの。今、あたしたちは美鈴をどうやって救おうか、話し合ってるんじゃないの」

目茶苦茶な論理だ、と美紀は思ったが黙っていた。だが、残酷で、鬼のような方法であることは充分、わかっていながら、美紀は和江が言わんとしている計画が、もっとも成功率が高いかもしれない、と同意せざるを得なかった。

真由美は確かに、ひとたび薬をやると、暴力的になる。かつて傷害事件を起こし、裁判ざたになったという噂もあるほどだ。噂の真偽を本人に確かめたわけではないが、彼女が傷害事件のひとつやふたつ、起こしたところで何の不思議もないように思えた。始終、神経がぴりぴりし、少しでも気にいらないことがあると薬に溺れ、手当たりしだいに周囲の物を破壊してかかる。

そのエキセントリックな歪んだ精神状態を本人自身ももてあまし、またぞろ薬に溺れる……といった、悪循環がますます真由美を破滅の道に誘っていることは、彼女を知る人間なら誰しも知っていることだった。

「美紀。ちょっと聞くけど」和江がかすかに震える声で聞いた。「あのマユミって子、薬を飲むと幻覚を見る、とかなんとかって、さっきあなた、言ってたわね」

「そうよ。あれをやると誰でもそうなるらしいけどね。彼女は薬を飲むと気持ちが大きくなって、まわりのものが全部、自分の自由になるような感じがするんだって。だから、あやって服を脱いじゃったり、物を投げて壊したりするのよ。そうやると気持がいいらしいわよ」

「あの子、人違いしたことはないの?」

「人違い?」

「そう。友達の顔がよくわからなくなって、全然、知らない人に抱きついたりとか……」

「そんなのしょっちゅうよ。全然、関係ない通行人の顔を引っ掻こうとしたのをあたし、見たことあるわ。その人の顔が、彼女の大嫌いなプロダクションの社長の顔に見えたらしいわよ」

ふーっ、と和江は溜息をついた。「なんであたしたちは運がいいんでしょう」

美紀がそっと母親の腕をとった。「お母様。言いたいことはよくわかったわ。多分、あたしもそれが一番、いい方法だと思う。マユミがかわいそうだけど、お母様の言う通り、お姉ちゃまのことを考えたら、今はそれしか方法がないものね」

「何を話してるのよ。全然、わからないわ」美鈴が獣のようにベッドの上に四つん這いになって、妹と母親にすがるような視線を投げた。

「整理してみましょう」和江が言った。「マユミという子が深夜、うちにやって来て、美紀を相手に、失恋したといってわめいた。そのうち薬をやり始め、大暴れを始めた。リビングの物を投げ、服を脱ぎ、さんざん男を罵る言葉を吐いて、眠りこけてしまった。桃介さんは美鈴の部屋でぐっすり寝ていた。美鈴はお母様の部屋で寝ていたことにすればいいわ。美紀は自分の部屋にいたことにしてもいいわね。そして朝、目が覚めてみたら、マユミは桃介さんのベッドのわきにいる。桃介さんの首には紐が巻かれ、桃介さんは死んでいた。マユミはびっくりして、騒ぎ始める。駆けつけたあたしたちは、マユミが眠っていた桃介さんを自分の恋人だと勘違いして、締め殺した、と判断する。薬の幻覚よね。それで警察に通報する」

「いいけど……」と美紀は少し悲しくなって言った。「マユミ、どうなるかしら」

「薬による精神障害者として、多分、執行猶予つきになるでしょ。その代わり、病院送りになるでしょうけど」

美紀はうなずき、目をしばたたかせた。「そうね。マユミにとっても、そうやって薬から逃れられたほうがいいのかもね」

「さあ」と和江は両手を蠅のようにこすり合わせた。「ぬかりはないかしら。もっとちゃんと計画をたてないと」

時計を見るともう午前四時半だった。計画がまとまった限り、迅速な行動が必要になってくる。ぐずぐずしていると、真由美が目を覚まさないとも限らない。

「指紋よ！」美紀が叫んだ。「桃介さんの死体に巻かれた紐にマユミの指紋がないとおかしいわ。それとお姉ちゃまの部屋のあちこちに指紋をつけておかなくちゃ」

「それはできるわ」和江はしたり顔で言った。「協力しあって、眠りこけているマユミの指を部屋のあちこちにくっつけてしまえばいいのよ。紐にも……」

「まあそうね」

「完璧じゃない？　マユミは目を覚まして、ひょっとして自分がやったんじゃないか、って思うわよ。前例がたくさんある人なんだから、彼女、いつごろ目を覚ますかしら」

「さあ、わからないわ。ずーっと目を覚まさない時もあるし、わりと早く正気に戻る時もあるし……。飲んだ薬の量にもよるみたい」

「ゆうべはどのくらい飲んだの」

「よく見てなかったけど……あれだけアルコールを飲んだ後だから、効目はすごかったはずよ」

「ほんとに正気に戻った時、自分がやったことを覚えてないんでしょうね」

「彼女の場合はそうなの。普通の人は、ぼんやり覚えてるって言うんだけど、あの人、体質的にそうなのね。ほんとに何ひとつ覚えちゃいないわ。だから嫌われるところもあるんだけど」

美鈴がしくしく泣き出した。「他の人に罪をかぶせるなんて、そんな……そんなことあたし、出来ない」

「何言ってるんです！」和江が怒鳴った。「そんなきれい事を言ってる場合じゃないでしょ。それをやらなかったら、あなたは刑務所送りになるのよ。篠原の家もおしまいになっちゃうのよ」

「ああ、あたし、気が変になるわ、お母様！　どうしたらいいの！　教えて！」

しようのない子、と和江は美鈴の肩を抱き、「あなたはここで寝てなさい」と言ってベッドの中にそっと押し込んだ。「あとはお母様と美紀とでやるから」

「そんなわけにはいかないわ。あたしがやったことなんだもの。手伝わなきゃ」

「じゃ、手伝ってよ」美紀がけろりと言い放った。「なにしろマユミは図体が大きいのよ。一応モデルだしね。身長が高いのに、最近、デブったもんだから、体重は六十キロくらいありそうよ。三人がかりじゃないと運べないわ、きっと」

「さ、これで決まりね」和江はひきつったような笑みを浮かべた。「下に行って、あの子を運んで来ましょう。もう暴れたりしないかしら」

美紀は肩をすくめた。「わかんないわ。でも暴れたとしても、本人に記憶がないんだから、何をしようが大丈夫よ」

美鈴がのろのろと背中を丸めてベッドから下りた。それを合図に三人は、廊下に出た。

*

暖炉の火が消えたリビングはひどく寒かった。真由美は美紀が最後に見たのと同じ姿勢のまま、ソファーの上で眠りこけている。美紀がかけてやった羽根布団の下から、破けたストッキングの足首がのぞいて見えた。大柄な身体のわりには、小さな足だった。

フロアスタンドをひとつだけ灯すと、和江は陣頭指揮をとるようにして、美鈴と美紀にそれぞれ頭と足を持ち上げるよう小声で指示した。美紀が頭を担当し、美鈴と和江が足を担当した。

おそろしく重かったが、三人がかりなら運べない重さではなかった。それに少しくらい乱暴に扱っても、真由美は目を覚ましそうな気配はなかった。多分、自分をふって他の女のもとに行ったケンという男の夢でも見ているのだろう。顔つきだけは、眠っていても嫉妬に狂った女の顔をしていた。

「そこ、破片があるから気をつけて」和江が囁いた。真由美が割ったガラス花瓶のピンク色の破片が、粉々に砕けて落ちている。美紀はそれを器用によけながら、そろりそろりと階段に向かった。

剝き出しの乳房が、運ぶ時の振動でだらりと揺れる。数えきれないほどの男が通り過ぎていったような乳房だった。赤ん坊が吸いつくには、あまりに張りを失い過ぎている。

階段の下まで来ると、美鈴は泣きじゃくりながら、「もうだめ」と言った。「重くて手がしびれて……」

「死んでも手を放しちゃだめ！」和江が言った。「運命の分かれ道なのよ！」

途中で美紀も手を放しそうになった。階段の勾配は、果てしなく続く。息が切れ、全身の筋肉が悲鳴を上げた。

それればかりではない。今にも真由美がぱっちりと目を開け、自分を運んでいる三人の女に罵りの声を上げ出しそうな気がする。そんなことになったら、また真由美が眠りにつくまで待たなくてはならない。

だが、真由美は目を覚まさなかった。死体のように静かだった。

やっとの思いで二階の美鈴の部屋に運びこむと、三人は床に尻餅をつき、呼吸を鎮めた。

「どこがいいかしら？　ベッドの真下？」美紀はベッドの上の桃介の死体を見ないようにして言った。「それとも、ベッドに並べて寝かせる？」

「並べるのはおかしいわね。いっそのこと、桃介さんの身体の上にかぶせれば？」

ああ、と美鈴が声を張り上げた。「そんなこと……できない」

「やっぱりベッドの下がいいわよ。桃介さんの首を締めて、部屋の中をよたよたと歩きまわって、その後、倒れて眠りこけてしまったことにすればいいわ」美紀が早口で言った。

「その前に指紋をつけておかなくちゃ」

「そうだった」和江が立ち上がった。「さ、この子の指をつかんで、あちこちにくっつけるのよ。まずドアノブね。それからベッドのシーツ、紐……」

「やるわ」美紀も立ち上がった。こうなったら破れかぶれだった。何が何でも、怪しまれないようにしなければならない。

美鈴の部屋の床はフローリング仕上げで、カーペットを敷いていなかったため、真由美の身体をすべらせればいくらでも移動させることができた。美紀と和江はまず、美鈴のクローゼットからパーティー用のシルクの手袋をふたつ、取り出し、それぞれの手にはめた。そうしておけば、美紀や和江の指紋が不必要なところで、この部屋から発見されるおそれはない。

ふたりは震え上がっている美鈴を無視して、真由美をあちこちひきずり回し、指紋をつけて歩いた。桃介の首に巻かれた紐に真由美の手が届かなかったのが、一番、難儀だったが、和江が真由美の上体を起こし、美紀がその手に紐を握らせることにより、なんとかうまくいった。

薬で錯乱した真由美が、赤の他人の亭主を自分の不実の恋人だと思いこみ、ベッドに馬乗りになって締め殺す、だらだらと垂れ下がった乳房を剝き出しにして……その光景がもし、本当の出来事だったら、悪夢だわ、と美紀は思った。出来の悪い深夜の恐怖映画みたいじゃないの。

指紋をつけ終えると、和江はひとわたり部屋を眺め回して「これでいいわ」と満足げにつぶやいた。真由美は相変わらず、苦しそうな寝息をたてて眠っている。裸同然の恰好だったが、つけっ放しになっているラジエーターのせいで、さほど寒くはなさそうだった。あまりの寒さに突然、目を覚ますということがあってもらっては困るのだ。

「ドアは開けておく?」部屋を出て行きながら美紀が聞いた。「閉めるのよ」和江が自信ありげに答えた。「マユミって子は、幻の世界の恋人の部屋に入って行ったんだから。半端なことはしないはずでしょ」

美鈴は放心状態だった。美紀は美鈴を助けて階段を下り、一緒に母の居室に入った。和江が「もしもの時のために」と、きちんとふたり分の布団を敷いた。美鈴が初めからここで寝たという証拠を作らなければならないからだ。

「あなたは上で寝るのよ、美紀」

「いやだな。死体があるのよ」

「マユミさんがいてくれるから、いいでしょ。さ、もう行きなさい。あなたまで下で寝たっていうのは、なんだかおかしいでしょ。朝はお母様が先に起きます。そして桃介さんの死体を発見するの。それから美紀や美鈴を起こすって形にしますからね。いい？ ちゃんと演技するのよ」

「わかったわ」美紀は言った。「女優になるのも楽じゃないわね。じゃね、おやすみ、お母様。お姉ちゃま」

美鈴は敷かれた布団の上で、ぼんやりと宙を見つめていた。その目は何も見ていないようだった。

五時半。もうすぐ空が白み始める時刻だった。美紀はがくがくする膝をかばいながら階段を上り、ちらりと姉の部屋のドアを見た。そのドアの向こうに、気の毒な……一生を不運な運命に左右されるかわいそうな若い女友達が、数時間後に迎えるであろうショックも知らずに眠りこけていると思うと、少なからず胸が痛んだ。

「ごめんね」美紀はつぶやいた。「あんたには一生、感謝するわ。ほんとよ」

＊

眠れたのが不思議なほどだったが、ともかく美紀はぐっすりと眠った。よほど疲れていたのだろう。目が覚めたのは、和江に揺り起こされたからだが、それでもまだ頭がはっきりせずに、いったい自分はどこにいるのか、一瞬、わからなかった。

「起きて、美紀。起きるのよ」和江は美紀の耳元でせわしなく囁いた。「そろそろ時間よ。お母様が美鈴の部屋に入りますからね。叫び声が上がったら、すぐに飛んで来てちょうだい」

「今、何時？」美紀は朦朧としたまま聞いた。

「八時少し過ぎ。まだ起きてこないのよ、あのマユミって子」

「そろそろだと思うわよ。少なくとも正気には戻ってるはずだわ」

美紀は起き上がり、脱ぎ捨てたジーンズを手早くはいた。口の中が苦く、頭がずきずきと痛んだ。「あたし、起きていて、朝食を食べていた、ってことにしといたほうがいいわね。お姉ちゃまは？」

「ずっと眠れなかったらしくて、今も布団の中にいるわ。美鈴はまだ眠っててもいいのよ。ゆうべ遅くまで桃介さんと喋ってた、ってことにするんだから」

「じゃ、あたし、キッチンに行ってるわ。コーヒーを作って……」

「コーヒーならもう、できてますよ」和江がきびきびと言った。「マフィンも焼けてるわ。マーマレードでも塗って食べてなさい」

美紀はふと、この母親がいなかったら、今回のことは何もうまく運ばなかったような気がした。篠原の家のためなら、あらゆる工作をやってのける女なのだ。

和江は「お母様、尊敬に値するわ」美紀は決して皮肉ではなく、そう言った。そう？と和江は聞いた。そうよ、と美紀は答え、そのまま部屋を出た。

キッチンには朝の光が満ちていた。流し台の向こうの出窓の外には、遊びまわるリスの姿も垣間見える。清潔で健康的で、不安や罪の意識や悩みごとの一切合切がまったく感じられない光の渦がそこにあった。美紀はコーヒーにたっぷりミルクを注ぎ、飲んだ。マフィンは食べる気がしなかったので、皿に載せてカウンターの上に置いておいた。

マグカップを持ったまま、リビングに行ってみると、昨夜のままだった。真由美が脱ぎ捨てたジャケットや下着やセーターが、あちこちに飛び散っている。ソファーには羽根布団がこんもりと丸く盛り上がり、まるでそこに真由美がまだ眠っているように見えた。

キッチンに戻りかけたその時、二階で「ギャーッ」という悲鳴が聞こえた。芝居の幕が切って落とされたのだ。美紀は緊張し、カップを床に転がすと、二階に駆け上がった。

ドアが大きく開かれ、入口のところに和江が立っていた。床には真由美が転がっている。和江は美紀を見ると、軽く目配せした。美紀はうなずいた。

「なんてこと！」彼女は叫んだ。「マユミがどうしてここに！　それに、それに、桃介さん、死んでる……」

観客がいたら、下手なセリフ回しだと思われたことだろう。美紀は唯一の観客である真由美が、目をしょぼしょぼさせながら、まったく彼女が言った言葉を理解していそうにないことをありがたく思った。

「け、警察を呼ばなくちゃ！」和江のセリフのほうが、真に迫っていた。「どうして？　いったいどうしてなの？　あんた、起きなさい！　え？　あんたがやったのね！」

和江は真由美の身体をぐいぐいと揺すった。だが、真由美の意識は朦朧としているらしく、反応が返って来ない。

まるで車にはねられた犬のように、真由美はよろよろと立ち上がろうとし、力尽きて再び、ベッドの下に這いつくばった。和江は美紀に向かって言った。「早く！　警察に電話して！　この人が桃介さんを殺したのよ！」
「わかったわ」美紀は部屋を飛び出した。いつもアドレスノートに控えてある軽井沢警察に電話しようか、それともただ単に110番をかけようか、と迷ったが、結局、110番に電話することにした。アドレスノートをめくり、知っている地元の警察署に電話するほど冷静であってはならない。

電話では殺人があったこと、犯人はここにいるということしか話さなかった。取り乱した様子が出せたかどうか疑問だったが、気にしないようにした。すでにドラマは始まってしまっているのだ。

二階に上がると、真由美が放心したように床に坐りこんでいた。和江がかけてやったのか、裸の肩に美鈴のガウンがかけられてある。だいぶ正気を取り戻したらしい。目やにがついて無残に化粧が剝げ落ちた目に、ショックの色がまざまざと浮かんでいた。
「電話したわ」美紀は言った。そして、言った途端、真由美に近づき、その腕を思いきり揺すった。「なんだって、こんなことをしてくれたの？　あんた、この人のことケンだと思ったんでしょう。違うとは言わせないわよ。でも、なんで殺したりしたのよ。あんまりじゃないの。いくら薬で頭が変になってたとしたって、そんなひどいこと……。姉とせっかくよりを戻すことになってたのに。どうしてくれんのよ！」

どうしてそんな名演技ができたのか、自分でも不思議だった。美紀は涙ぐみさえしながら、次に真由美の頰を張りとばした。

「あたし……なんで……こんなことをしたのか……ちっとも……」真由美は殴られた頰に手も当てずに、恐怖に満ちた声を上げた。

「覚えがないって言うのね。いつものことじゃないの」美紀が吐き捨てるように言った。

「あんたが薬をやるとどうなるか、東京の仲間はひとり残らず知ってるわよ」

「でも、でも……あたし、どうしてここに……」

「何度も説明させないでちょうだい」和江が桃介の死体から目をそらしながら言った。

「あなたはね、昨日の夜、うちに来てさんざん暴れて眠っちゃったんですよ。美紀があなたをソファーに寝かして、布団をかけてやったわ。それであたしたちも部屋に引き上げたの。きっとその後で、あなた、頭がおかしくなって二階に上がって来て、桃介さんが眠ってるのを見て、あなたの恋人だと思いこんだんですよ。恐ろしい！　悪魔だわ、あなたは。あなたが殺した人は、うちの大事な婿養子なんですよ。娘がどれだけ悲しむことか……」

「でも、でも、あたし、こんな男、知らない。見たこともない……」

「だから、言ったでしょ」美紀が、パトカーのサイレンが聞こえないか、と耳をそばだてながら言った。「あんた、いつだってそうなのよ。いつもと同じことをゆうべもやらかしたのよ。あげくに関係ない人を殺したんだわ」

「美紀。下に行って美鈴を起こして」和江が言った。

「あたしが？　どうやって説明すればいいの。お姉ちゃま、ショックで死んじゃうわ」

「いいから、起こして」和江はかすかに目配せした。「警察が来ないうちに早く」

いいわ、と美紀はうなずき下におりた。そうだ。母の言う通り、警察が来てもまだ姉が眠っているのはおかしい。

母の居室をそっと開けると、美鈴は毛布をかぶったまま、布団の上に正座し、がたがた震えていた。

「お姉ちゃま？」美紀が声をかけると、美鈴は「いやっ！」と叫んだ。「もういや！　あたし、どうかなりそう！」

「我慢して。さあ、もうすぐ警察が来るわ。何も喋らなくていいわよ。ショックで寝込んだふりをしててもいいんじゃないの。ともかく始まりますからね。覚悟しててよね」

屋敷の外でかすかにパトカーのサイレンの音がした。美紀は姉を毛布から引き離すと、そばにあった母のショールをパジャマの上から肩にかけてやった。「いい？　このままリビングにいるのよ。何も話さなくてもいいわ。あとはあたしやお母様がやるから」

背中を押し出すようにして部屋を出る。姉の細い肩が小刻みに震えているのを見て、美紀は気の弱い人間ほど、いざという時、大胆なことをするものだ、と不思議に思った。あたしだったら、そう簡単には人を殺したりはできない……。きっとお母様だってそうだろう。

パトカーが屋敷の門の直前で止まる音がし、続けざまに玄関のチャイムが鳴らされると、美紀は「さあ、来た」と声に出して言った。「頑張ろうね、お姉ちゃま」

美紀が玄関の鍵を開けると、刑事がふたり、それに警官と鑑識と思われる濃紺の服を着た男たちが数人、目を獰猛に光らせて立っていた。

「殺しがあったそうですね」刑事はそう言うなり、中に入って来た。美紀はうなずいた。

「二階です。犯人は……」そこまで言って、さすがに気が咎め、彼女は言葉を濁した。

「上にいるんですか」

「はい。母と一緒に……」

「殺されたのはどなた」

「姉の夫です」

「失礼」刑事たちはどやどやと階段を駆け上がった。美紀も一緒になって二階へ上がった。

真由美はさっきと同じ恰好のまま、泣きじゃくっていた。何か言っているようだったが、薬が完全に切れていないようで、呂律(ろれつ)が怪しく、何を言っているのかよくわからない。刑事は骨董品でも鑑賞するように、ベッドの上の桃介の死体を一瞥すると、居合わせた女たちに下へおりているよう指示した。

真由美が警官に支えられて立ち上がると、肩にかけられたガウンが床に落ち、乳房が露わになった。警官は見て見ぬふりをしながら、またガウンをかけてやった。

リビングに美紀と和江、それに警官と刑事に伴われた真由美がおりて行くと、それまでショールをかぶってじっと火の気のない暖炉の横でうずくまっていた美鈴は、どんよりと曇った魚のような目をして一同を見渡した。

「こちらの方は」と刑事が聞いた。美紀は「姉です」と答えた。刑事はうなずいたきり、何も言わなかった。

「さて、説明していただきましょうかね。どういういきさつがあったんです」

和江が待ってましたとばかりに、わっと泣きふした。絶好のタイミングであったことだけは確かだったのに、刑事は別段、表情を変えようとしなかった。年齢は四十五、六歳。テレビドラマに出て来るような潑剌さも、個性もない、ひとりで街角に立っていたら、ただのうらぶれたサラリーマンのようにしか見えない小柄の男だった。

「この女がやったんです！　この人は頭がどうかしてるんです！　ああ、こんな女をうちの中に入れた私が悪かった……」

「さあさあ」と刑事は面倒くさそうに和江をなだめた。真由美は半開きにした唇からよだれをひと筋、流しながら、しゃくり上げている。

「順を追って説明してもらわないことには、わかりません。この女性は誰なんですか」

「あたしが説明します」美紀が母の前に立ち、冷静さを保ったようなふりをしながら、唇を噛みしめてみせた。「あたしは篠原美紀。妹です。そしてここにいるのは友人の高木真由美さん。昨日、彼女が夜、電話して来て……」

もつれっ放しでもいけない。かと言って何度も練習したように、理路整然としすぎてもよくない。美紀は適度に話を交錯させながら、懸命になってこれまでのいきさつを簡潔に、そして悲しみと怒りをこめて語った。ことに真由美が薬をやるとわけがわからなくなる悪癖があることは、さりげなく強調しておいた。

美紀の説明の合間に、時折、和江の泣き声や真由美の奥歯をガタガタ鳴らす音などが混じり、それにショック状態にある美鈴の蒼白の顔が加わると、シナリオは佳境を迎えた様相を呈した。刑事はひと通り、聞き終えると走り書きをしたメモを膝の上に置き、じっと真由美を見つめた。真由美は小枝のように震えながら、激しく頭を横に振った。「あたし……そんな……あたしじゃない！」

「しかし、あなたは篠原桃介さんの死体のそばに寝ていましたね」

「で、でも、あたし……何をやったのか自分でも全然……」

「こういうのがこの人の癖なんです」美紀は気の毒そうに真由美を見やった。

「いつもなんです。薬をやると、その間に何をしたかわからなくなっちゃうんです。そうよね、マユミ」

「そうだけど……」と真由美はおどおどしながら美紀や刑事を交互に見つめた。「でも、どうしてあたしがそんな……人を殺すなんて……」

「そこの花瓶を見てください」和江が泣きながら言った。「ゆうべ、裸になって暴れたあげく、割ってしまったんですよ。あなた、あれを割ったこと、覚えてる?」

真由美は半分、目を伏せながら「覚えてません」と答えた。刑事がじろりと真由美を見た。

「裸になったことも覚えてないのかね」

「はい」

刑事は後ろに立っていた別の若い刑事に目配せをした。若い刑事は軽くうなずいた。

「薬はいつも何を飲んでる」

「あの……なんていう薬なのかよく知らないんです。友達から回してもらうんで……。LSDの一種だと思うけど……。でも、あたし、薬をやるのは時々で……いつもじゃない。

やめようとしてたんだけど……」

「どうして昨日は薬をやってしまったんだ？」

真由美は恨めしそうに美紀を見た。「つきあってる男に、他の女ができたんで、あたし、苛々してて……それで……」

「篠原桃介さんが三年ぶりに戻って来た話は聞いてたのか？」

「聞きました。美紀から」

「それで？」

「別に。ああ、そうなの、って……」

「そのことは覚えてるんだね」

真由美はこっくりとうなずいた。「薬を飲む前だったから……」ばらばらになった髪の毛が、藁のように額に垂れた。

刑事は抜目のない目で、美鈴や美紀や和江をひとわたり見渡した後、膝を乗り出して真由美に聞いた。「正直に答えなさい。あんたが殺ったのかね」

「……わかりません」

「やってないとは言えないのかね」

「あたし……だって……」真由美は子供のように激しく泣き出した。「覚えてないんだもの。なんにも、なんにも覚えてないんだもの」

刑事は周囲に聞こえないような小さな溜息をひとつつくと、ぽんぽんと真由美の肩を叩いた。「洋服を着なさい。いいね。これから署に来てもらおう」

美紀はあまりの安堵に声を上げてしまいそうだった。和江を見ると、和江も泣きまねをやめ、顔をおおっている両手の指の間から、目をぎょろぎょろ動かしているのがわかった。

「奥さんがたにも、あとでいろいろ伺うことが出てくるでしょうが、その時はひとつ、よろしく」刑事は真由美がソファーの陰でのろのろと服を着ているのを視野の中に入れながら、そう言った。

和江が「ひどいことです」と溜息まじりに言った。「こんなことになるなんて、まだ信じられません。いくら失恋したからって、まったく関係のないうちの婿を殺さなくてもいいものを……」

「おそらくは薬物による幻覚症状が現れたのでしょう」刑事は淡々と言った。「調べれば、常用している薬物その他、すぐにわかると思います」

「美鈴は……」と和江は美鈴を見ながら、絶句したように言葉を途切れさせた。「三年前に家出をした桃介さんのことを死んだものと諦めてました。未亡人になったつもりで、清らかに生きてたんです。ゆうべ桃介さんが突然、ここにやって来て、また結婚生活をやり直したいと申し出た時の美鈴の嬉しそうな顔ったら！　なのに、なのに、この子は本当の未亡人になってしまった……」

刑事も警官もうつむいたまま黙りこくった。和江は調子づいたように続けた。「ゆうべ、このマユミという女は、自分を捨てた男への恨みつらみをわめきたててましてね。なんですか、昔、男にもらった指輪をたたき返してやりたい、とかなんとか、何度もわめいてました。きっと、桃介さんの寝ているところへふらふらと入って行って、桃介さんのことを自分の恋人だと思い込み、その指輪を投げつけたんでしょうね。私が発見しました時には、指輪が桃介さんのベッドの下に転がってました。恐ろしいこと！　そっとしのびよって、首を締めたに違いないんだわ」

真由美が身仕度を整えて、のっそりとリビングの真中に突っ立った。警官に支えられている手の薬指に、美紀が昨夜、見たルビーの指輪がはまっている。

「どの指輪？」と刑事が聞いた。あれですよ、和江が真由美のはめている指輪を指し示した。「私、はっきり見ましたよ。目を覚ましたばかりで朦朧としてたこの人は、また図々しく、それをはめ直してたわ。まったく！　狂ってる！　一刻も早く、病院に入れてください！　こんな人がのさばってるから、私どもの大事な婿はこんなことに……」

「違う」

それが真由美の声なのか、あるいは庭で鳴く鳥の声だったのか、初めはわからなかった。真由美はひと呼吸おくと、また「違う」と繰り返した。全員が真由美を注目した。

「何が違うの！　あんた、朦朧としててわからなかったのよ。確かに私は、あんたが床に転がってた指輪を指に戻したのを見ましたよ」和江が憎しみのこもった目で真由美を睨みつけた。

美紀も加勢した。「マユミ、あんた、ゆうべっから、そのルビーの指輪をケンとかいう男にたたき返してやって、その時にぶっ殺してやりたい、って言ってたわね。あたしも見たわよ。あんたのその指輪が床に転がってたのを」

「違う！」今度ははっきりと真由美が叫んだ。そして驚くべきことがおこった。真由美は色を失った唇を横に歪めて、冷やかに微笑んだのだ。

「刑事さん」と彼女は勝ち誇ったように言った。それは真由美が正気の時、喫茶店のウェイターやディスコのレジの女の子などに向かってものを喋る時の居丈高な口調だった。

「刑事さん。あたし、殺してないわ」

「え？」刑事が眉をひそめた。

「だって、あたしのはめているこのルビーの指輪、抜けないんだもの」

「抜けない？」

真由美は涙の跡が残る頬をほころばせて、大きくうなずいた。「あたしったら、太っちゃって、この半年ばかり、どう頑張ってみてもこの指輪、抜けなかったのよ。友達に聞いたら、リングカッターとかいう道具がないと、こういう場合は抜けないみたいね。でも、リングカッターは消防署にしか置いてないし、面倒だから、そのままにしておいたの。刑事さん、ためしに引っ張ってごらんよ」

刑事はすかさず真由美が差し出した左手の指輪を力まかせに引っ張った。あいたた、と真由美が顔をしかめた。指輪は肉にくいこんで、びくともしなかった。

美紀は昨夜、真由美が「あの男にこの指輪がはまっている指ごと、たたき返してやりたい」とわめいていたことを思い出し、恐怖に気が遠くなりそうになった。

のどかな秋の日差しが、リビングルームに砕け散ったガラスの破片に反射し、きらきらと眩しく輝いた。刑事はしばらくの間、黙っていたが、やがて和江と美鈴、それに美紀を気の毒そうに順に眺めると、「さて」と言った。「これで状況が一変したようです」

そして刑事は美鈴をちらりと見、哀れむようにつけ加えた。「ここにおられる上のお嬢さんが、単なる未亡人なのか、それとも殺人犯あるいは共犯者なのか、これからじっくり調べさせていただくことになりましょうな」

時間が止まったような感じがした。美紀はたっぷりとドレープをとった、上等の白いレースのカーテンがかかった出窓に目をやった。そして、その向こうに拡がる群青色の秋の空と屋敷の庭、それに木々の枝にひっかかるようにして垣間見える、輝くような雲を、二度と自分はここから眺めることはないだろう、とふと思った。

本書は一九九三年十一月中公文庫より刊行されました。

双葉文庫

こ-05-16

やさしい夜の殺意

2020年12月13日　第1刷発行

【著者】
小池真理子

【発行者】
箕浦克史
【発行所】
株式会社双葉社
〒162-8540 東京都新宿区東五軒町3番28号
［電話］03-5261-4818（営業）　03-5261-4831（編集）
www.futabasha.co.jp（双葉社の書籍・コミックが買えます）
【印刷所】
大日本印刷株式会社
【製本所】
大日本印刷株式会社
【カバー印刷】
株式会社久栄社
【DTP】
株式会社ビーワークス
【フォーマット・デザイン】
日下潤一

ISBN978-4-575-52428-4 C0193
Printed in Japan

ノスタルジア

小池真理子

甘美で切ない大人の恋と、耽美で幻想的な世界を融合させた、極上の長編恋愛小説。

双葉文庫

唐沢家の四本の百合

小池真理子

雪に閉ざされた別荘に、差出人不明の速達が届く――。珠玉の長編心理サスペンス！

双葉文庫